爺《じじ》いとひよこの捕物帳

青竜の砦

風野真知雄

幻冬舎時代小説文庫

爺《じじ》いとひよこの捕物帳　青竜の砦

目次

第一話　仏の目

一

——おとうが生きていた……。

喬太《きょうた》は舟の上で立ち尽くした。

足の震えが止まらない。いきなり転げ落ちそうである。

何年ぶりになるのか。三年前の大火の夜に、父の源太《げんた》は姿を消した。おそらく死んだと思っていたが、ただ、生きているという噂もあったのだ。

源太の口元が動いた。たぶん、「喬太」と言った。

喬太はなにも言えなかった。言葉が出なかった。

覚えていた顔よりいくらか痩《や》せていた。だが、やさしげな表情は変わっていなかった。

父の乗った舟は、小川に放った笹舟みたいに、たちまち遠ざかっていく。

「追え、追いかけろ」

「舟はないか」

「火がついた！」

怒号が飛び交っている。あたり一帯は、混乱のきわみである。落ち着いてやるべきことをしている者は、ほとんど見当たらない。

夕陽《ゆうひ》が川面《かわも》を照らし、しかも火のついた油樽《あぶらたる》がそこここに浮いている。視界は禍々《まがまが》しいほどの赤と橙《だいだい》の色に塗りつぶされている。そこを咳込《せきこ》むほどの黒い煙が流れていく。

戦場の光景というのはこんな感じなのか。

「喬太、追え！」

岸から声がした。叔父《おじ》である岡っ引きの万二郎《まんじろう》が叫んでいる。喬太の乗った舟くらいしか追いかけられる舟はなさそうだった。

漕《こ》ぎ出そうとしたとき、後ろからぶつかって来た舟があった。

「なんだよ！」

叫ぶのと同時に、水の中に飛ばされた。九月（旧暦）の川の水は、まるで角《つの》でもあるように痛く、冷たい。

「おっと、申し訳ありません。さ、摑《つか》まって」

ぶつかって来た舟の船頭が手を伸ばしてきた。

「あれ？」

なんと、頰《ほお》かむりで隠しているが、和《わ》五《ご》助《すけ》だった。

思わぬところで会った。偶然なのか。

舟へと這《は》い上がる。

「喬太さん、追っちゃいけません」

と、和五助が叱るように言った。

「え？」

「ここはわたしたちにまかせて」

「和五助さんは……」

いったい、どういう人なのか。誰の味方をしているのか。

咄嗟《とっさ》のことで頭が働かない。ましてや動揺している。

「その舟、こっちにつけろ」

岸ではまだ、町方《まちかた》の者が怒鳴っている。

喬太が乗っていた舟は流され、和五助と貫作《かんさく》の舟は、おろおろしてなかなか岸に辿《たど》り着けない。それがわざとであるのは明らかである。

「爺《じじ》いども。こっちへ来い。その舟を貸せ」

「貸せと言われましても、これはあっしらの舟で」

怯《おび》え、訳がわからなくなったような口ぶりで言った。むろん芝居である。だが、皺《しわ》だらけの年寄りの言葉は、誰も疑わない。

源太の舟はもう、見えないほど遠くへ漕ぎ去っていた。


「あの人が生きていた……」

喬太の母のおきたは、そう言ったきり、しばらく呆《ほう》けたようになった。

大事な話があるからと、万二郎の家に喬太がいまさっき連れて来たのだ。

「おれも顔をはっきり見た。間違いなく兄貴だった。身体《からだ》の動きを見る限り、元気だったぜ」

「じゃあ、なんで死んだふりなんか？」

「死んだふりをしてたわけじゃねえ。たぶん、連絡をしにくいことになっちまったんだと思う」

「どういうこと？」

「だからさ、なにやら面倒な連中に関わっちまったらしいんだ」

「ふうん」

　おきたには想像もつかないような話なのだろう。

　喬太はそのわきで黙って話を聞いていたが、

「なにをしたんですか？」

と、訊《き》いた。

「おめえは知らねえほうがいい」

「そんなこと言われても、おいらのおとっつぁんのことだし」

「兄貴は鉄砲鍛冶《かじ》だった」

「鉄砲鍛冶？」

　喬太は母親を見た。だが、母親は首を横に振るだけである。

「おとっつぁんは、細工師じゃなかったんですか？」

「細工師は食うための仕事だ。うちの家はもともと、近江国友村《おうみくにとも》の鉄砲鍛冶だったのさ。それが、戦《いくさ》がなくなったので鉄砲の仕事も少なくなり、おやじのときに江戸に出て来た。おれが十歳、兄貴は二十歳《はたち》になっていた」

「うん」

そんなようなことは聞いていた。ただ、鉄砲鍛冶だったとは言ってなかった気がする。家にも鉄砲などはなかったと思う。

ふと、棚の奥に布に包まれたものがあったことを思い出した。それは、おとうがいなくなったあと、なくなっていたのだ。

もしかしたら、あれは鉄砲だったのかもしれない。

「二十歳のときには、兄貴はもう仕事仲間が驚くほどの名人になっていた。それだけじゃねえ。鉄砲鍛冶として一流だっただけでなく、鉄砲撃ちの名人だった」

「鉄砲撃ちの名人て？」

「遠くからどんな的にでも命中させたのさ」

「おとっつぁんが……」

そんな特技があったなんて、まったく知らなかった。

「兄貴は一見おとなしそうだが、じつはおれよりも激しいところがあった」

万二郎がそう言うと、おきたはぽつりと、

「そうかもしれない」

と、言った。

「そのため、鉄砲撃ちとしての技量を求める向きもあったんだと思う。それで若いころにあぶない連中とも付き合ったんじゃねえかな。だが、所帯を持ち、子どももでき、そうした気持ちは収まった。ところが、どうも大火の前後にそういう連中にめぐり会ったかしたんじゃねえかな」

外は強い風が吹いていて、家ががたがたと鳴っていた。隙間風《すきまかぜ》も流れ込み、万二郎のおかみさんは娘に向かって、「寒いね、炭を足そうか」と、小声で言った。

「そうなのか」

喬太はつぶやいた。だが、そう聞くと、だいぶ辻褄《つじつま》が合ってくる気はする。

あの大火の夜――。おとうはいろんな秘密を抱え込んだまま、炎と闇の中へ消えて行ったのだった。

「それで、この前、王子《おうじ》のほうで騒ぎがあった。兄貴がそれにからんだという話が出た」

「からんだ?」

どうもはっきりしない話である。やはり、聞かせたくないのだろう。

「ただ、ある程度、事情を知っている根本《ねもと》さまは、おれが兄貴を捕まえ、そのうえで罪を軽くしてもらうという手を考えてくれたんだ」

「万二郎親分がおとっつぁんを?」

「それと、おめえが頼りにしているあの和五助って年寄りが、どうやらもっと詳しいことを知っているみたいなんだ」

「和五助さんが? なんで和五助さんが?」

「なんでも、たいへんな人らしいぜ」

たしかにそんじょそこらの年寄りでないことはわかる。戦いぶりを目《ま》の当たりにしたこともあるし、なにやら十万両という途方もない財宝ともからんでいる人たちなのだ。

「相棒もいるだろう?」

「うん」

貫作さんのことだろう。あの人も表向きは薬研堀《やげんぼり》にあるという唐がらし屋のあるじだが、只者《ただもの》ではない。

「そっちも凄《すご》いらしい」

「どういう人たちなんです？」

「これはないしょなんだが、どうも、ずいぶん昔、徳川家康公の身辺にあって、何度もお命を助けたというような人たちらしい。しかも、いまでも将軍さまの警護のことで相談も受けたりするんだそうだ」

「じゃあ、偉い人たちなんですか？」

「いや、偉くはねえらしい。そこらはわからねえのさ。おれたちも、あの爺さんたちについてはあまり突っ込まねえほうがいい」

「そうだったのか」

あのとき、和五助は「まかせろ」と言っていた。

「おとっつぁんはどこに逃げたんだろう？」

「根本さまは、おそらく上方《かみがた》に向かうつもりなのではないかとおっしゃってたがな。

こっちにいると、お上《かみ》にも追われるし、別の連中からも命を狙《ねら》われると」

「別の連中？」

なんのことか、喬太にはさっぱり見当がつかない。

「上方に……」

おきたがかすれた声でつぶやいた。そんなところに行かれたら、捜しようがない。それでも生きていたとわかっただけでましなのか。

「とりあえず、おれは芝から品川あたりの浜辺は捜してみるつもりだ」

「おいらも」

「いや、喬太はいい。おめえは早く日本橋界隈《かいわい》で顔を売り、一人前の岡っ引きになるのが先だ。そうなることをおめえのおやじだって望んでるはずだ」

万二郎親分は強い口調で言った。

二

翌日——。

喬太がいつものように朝早くから小網稲荷《こあみいなり》の掃除をしていると、

「よう、親分」

「ああ、善蔵《ぜんぞう》さんかい」

隣の万二郎の家に、客が来ている声が聞こえてきた。

万二郎の家では、この稲荷で手を打つ音も聞こえる。当然、逆も聞こえるというわけである。

客は善蔵という名や声から察するに、室町《むろまち》の信州屋《しんしゅうや》の番頭だろう。信州屋は、塩と砂糖を扱う大きな問屋である。

番頭の善蔵は、万二郎と歳《とし》は同じくらいである。大店《おおだな》の番頭にしてはかなり若い。もっとも信州屋は、あるじも若い。

「そっちの川向こうで、昨日《きのう》は大騒ぎだったんだって？」

「まあな」

喬太の父親が起こした騒ぎである。

「下手人《げしゅにん》は逃げちまったんだってな」

「ああ」

万二郎も、この件は適当な返事で切り抜けるつもりらしい。

善蔵と万二郎は、ほとんど友だち付き合いをしている。大店の番頭のほうが、岡っ引きよりはるかに羽振りもよく、ときどき奢《おご》ってもらったりしているのだ。

「三日前のことなんだがな、うちでも妙なことがあったんだよ」

と、善蔵が言った。

「信州屋でも？　なんだい？」

万二郎が訊いた。

「うちの店の奥にかなり大きな阿弥陀《あみだ》さまの像があるんだがね、その阿弥陀さまの目が光ったんだよ」

「目が光った？　光ったように見えたんだろう」

「そうじゃないって。あたしははっきりこの目で見たんだから」

「一瞬光ったのか？」

「違うよ。しばらく光りつづけたんだ。あたしは思わず床にひざまずいて拝んだね」

「ふうん」

「阿弥陀さまの思《おぼ》し召しだったのかね」

「あんた、バチが当たったんだろう？」

「あたしは悪いことなんかしていないよ」

善蔵は慌てたように言った。

――不思議な話だな……。

喬太も祠《ほこら》を磨く手を止め、つい聞き入っている。

阿弥陀さまの目が光るって、どんなふうに光るんだろう？　人の目が光るとよく言うけれど、本当に光るわけではない。目の周りが動いて、強い興味だとか意志だとかを感じさせる表情になったとき、目が光ったように見えるのだ。

だが、鉄や木でできた阿弥陀さまなら、表情が動くわけがない。

「初めてか、目が光ったのは？」

と、万二郎が訊いた。

「いや、違う。その十日ほど前にもあったんだ」

「二度目か」

「うん。なんなんだろう？」

「おれは知らねえな」

笑いをふくんだ声で、万二郎は言った。すぐ隣がお稲荷さまということで安心しているのか、信心にはとくに熱心ということはない。

「なんかいいことが起こる前触れだって人もいるんだ」

「いいことはあったのかい？」

「それが、とくにはないんだ」

「ほかに涙を流したとか、手が動いたとかいうのはなかったのか？」

「いや、そういうのはないな」

「ただ目が光っただけか」

「ああ。何だったのかね？」

「悪事とは関係ねえと思うがな」

「あったら困るよ。いちおう親分には報《しら》せておいてくれと、旦那が言うもんでね」

「旦那が？　調べて欲しいのかね？」

「そりゃそうさ」

「旦那は怯えているのかい？」

「まあな。熱心に拝んでるよ」

番頭がそう言うと、話声はしなくなった。万二郎がどうしたものか、考えているのだろう。

しばらくして、

「ううん。それくらいのことじゃ、おれは動けねえな。いま、忙しいんだよ」

と、万二郎は言った。

「もちろんさ。忙しい親分だもの」

「ただ、お世話になってる信州屋さんだ。うちの若いのを、ちっと見に行かせるよ。おれの甥《おい》っこで、見た目は頼りねえが、頭は切れる」

「ああ、あのひょろっとしたのだろ。あれねえ」

がっかりした口調である。

喬太も、怒るよりは申し訳ないような気持ちになってしまう。

「あいつが見たことは、ちゃんとおれに伝わるよ。おれはいまから芝のほうに行かなくちゃならねえのさ。あいつに見せてやってくれ」

「わかったよ。じゃあ、またな」

信州屋の番頭が帰って行くので、喬太は慌てて祠の後ろに隠れた。向こうも聞かれていたと知ったら、気まずいはずである。

掃除を終えて万二郎の家に入ると、

「よう、喬太。飯食ったら、行ってもらいてえところがあるんだ」

「ええ。話、聞こえてました」

「あ、そうか。なら、手っ取り早いぜ」

「丑松《うしまつ》兄さんは？」

丑松は住み込みで、境内《けいだい》の掃除もいっしょにやることになっているが、今朝は出て来なかったのだ。

「なんだか、おやじさんの具合が悪いらしくて、昨夜《ゆうべ》、芝の家に帰ったんだよ」

と、おかみさんが言った。

「そうなんですか」

丑松の父親は芝で岡っ引きをしている。かなりのいい顔らしい。

「たいしたことないといいんだけどね」

おかみさんはけっこう丑松のことを可愛がっているのだ。丑松も、おかみさんに対するときの顔は、喬太と話すときとまったく違う。

「さ、喬太、朝ごはんだよ」

おかみさんが、しゃきしゃきという感じで声をかけた。

喬太は板の間に座って、ひょうたんの小さな実の漬け物と、納豆をおかずに、朝飯を食べた。

芝に行く万二郎親分を送り出し、お膳の片づけをしてから、喬太はさっそく室町の信州屋に向かった。

三

信州屋の前に大きな荷車があった。砂糖が入ったところらしい。

手代《てだい》たちが大事そうに抱え、裏手の蔵に運んでいく。砂糖の甘ったるい匂《にお》いも漂った。

番頭の善蔵は、荷車のわきで帳簿を見ているところだった。

「あのう、番頭さん」

「お、来たか」

善蔵は振り返って、荷物を運んできた人たちと話していたあるじに、

「旦那さま。万二郎親分のところの」

と、喬太を指差した。

「喬太っていいます」

ぺこりと頭を下げた。

「ああ、あんたかい。じっくり見て行って、親分に報告しておくれよ」

「わかりました」

喬太は、番頭に母屋《おもや》のいちばん奥の間に案内された。

仏像は、壁を背にしてこっちを向いている。

左手が中庭。中庭の端に蔵が見えている。

まずは手を合わせ、それからじっくり見させてもらうことにした。

「あのう」

「なんだい？」

「つかぬことをうかがいますが、これって、お釈迦《しゃか》さまとは違うんですか？」

「いや、阿弥陀さまだよ」

「阿弥陀さまって立ってるんじゃなかったんですか？」

喬太の家の菩提寺《ぼだいじ》にも阿弥陀さまの像があるが、それは立っている。「阿弥陀さまは立っているのだ」と、母親から教えられた覚えがある。

だが、この像は座っている。

「ああ、それは宗旨によって、いろいろみたいだね。親鸞《しんらん》さまのところは立っているんだろう」

「あ、宗旨で違うんですか」

「立っているお釈迦さまもあるしね」

「像になると、どこが違うんですか？　阿弥陀さまとお釈迦さまって？」

「そりゃあ、あたしに訊かれても困るよ。指の輪が違うんだろ。あんまり違わないよな。でも、これは阿弥陀さまってことになってるから、阿弥陀さまなんだよ」

「そうですか。すみません、変なことを訊いて。でも、奇妙なことには、なにが関わっているかわからないので」

喬太がそう言うと、番頭は感心したような顔で、

「へえ。親分があんたのことを頭は切れると言ってたけど、ほんとみたいだね」

と、微笑《ほほえ》んだ。

「いや、そんなことは」

「なんでも遠慮しないで訊いとくれ」

「はい。これは、木像じゃないんですね？」

「銅でできてるよ」

かなり古くなったのか、緑の錆《さび》も浮かんでいる。高い台座の上に座っているので、顔の位置は背の高い喬太が立ったところと同じあたりにある。もし、この像が立ち上がると、喬太とほぼ同じくらいの背になるのではないか。

しかも、瘦せている喬太と違って、肩幅や胸回りもがっちりして、かなりの巨漢と言えそうである。

裏に回って、阿弥陀さまの尻のあたりを見る。これをつくったときらしい年号と、作者らしき名が刻まれてある。

天正《てんしょう》二十五年　僧吟泰《ぎんたい》造

と、あった。

「いいものなんでしょうか？」

番頭に訊いた。

「どうかな。銅はわりとたくさん使っているらしいよ。それだけでも、価値がある」

と、旦那は言ってたがね」

「銅の量ですか」

前に回り、顔を見た。

仏さまの顔をこんなにじっくり見るのは初めてである。もっと怖い顔を想像していたが、それほどでもない。

「目が人の目みたいですね」

「そうなんだ。気味が悪いだろう」

「この目が光ったのですか？」

「そうだよ」

「何色に？」

「赤い炎の色だったな」

「へえ」

「閻魔《えんま》さまが目を光らせている絵を見たことはあるが、阿弥陀さまの目が光るとは驚きだったよ」

「それは何人くらい見ましたか？」

「何人くらいだろう。そのとき、はっきり見たのは、そう多くないと思うよ。店でもせいぜい四、五人くらいじゃないのかね。あたしもことさらに騒ぎ立てたりはしなかったからね」

「そうでしたか」

だが、そのことはたぶん、ほかの手代《てだい》たちにも広まっているだろう。

台座の前には、お線香立てや、チーンと鳴らすやつ、お供えものなどが置いてある。お供えは豆や饅頭《まんじゅう》らしきもの。

喬太は阿弥陀さまを手のひらで撫《な》でるようにして、

「叩いてみてもいいですか？」

と、訊いた。

「ああ、いいよ」

後ろに回って、背中を叩いた。

音が響く。中は空洞なのだ。

「空《から》なんですね」

なんとなく、仏さまはみっちり中身も詰まっているような気がしていた。

「運んだりもするからな。そう重かったら、置きっぱなしになっちまうよ」

「阿弥陀さまの後ろから、中に入ることはできますか？」

「中に入る？　そんなことはできないだろう。少なくとも、この店には入った者はいないよ」

と、番頭の善蔵は笑った。

四

「今日、お聞きしたことは、親分に話しておきます。また、明日、参るかと思いますが」

「ああ、よろしく言っておくれ」

挨拶して、喬太は外に出た。番頭から好きに眺めてくれと言われたので、裏庭とか家のつくりまで見ていた。そのため、正午近くになっていた。

喬太は和五助の家に顔を出すことにした。

和五助の家は、深川の小名木川《おなぎがわ》と大川がぶつかるところにある。大川の中洲の上流にある渡し場から舟に乗り、すこし下流へと歩いた。いつもだともっと下流にある渡し場から乗るが、室町からだとこっちのほうが近かった。

和五助は、軒下の掘り抜き井戸のところにいた。

井戸はかなり深い。川が近いのでそれを汲《く》めばよさそうだが、井戸水のほうがきれいでおいしいのだという。

しかも、和五助が自分で掘った井戸である。なんでも自分でやれてしまう。

「和五助さん……」

ちょっと緊張する。凄い人なのだと、改めてわかったのだ。

「ああ、喬太さん」

振り向いた笑顔は、いつも通りの気さくなものである。

「お邪魔でしたか」

「いや、ちょうどいいところに来ましたよ。ちょっとお待ちくださいね。いま、そばをこねているところで。途中にすると風味が落ちてしまいますから」

「へえ、そばですか」

食べたことはないが、名前は聞いている。そばがきといって、団子みたいなやつだったが、このところ細く切って食べるようになった。日本橋あたりに、何軒もそば屋ができている。

黒っぽい塊を、しばらく手でこねていたが、次に丸い棒で均《なら》すようにしている。うまそうな香りがする。

「わたしはうどんのほうが好きなんだけど、そばも乙なものです。まもなく貫作も来るでしょうから」

そばをこねている姿は、やはり凄い人には見えない。小柄な、よく働く年寄りそのものである。

和五助はいつ来ても働いている。以前、そのことを言うと、「やらなければならないことがいっぱいありましてね」という返事だった。

丸くのばしたそばを、細く切り始めたころ、貫作もやって来た。

「こりゃあいいところに来た。そば切りをごちそうしてもらえるんだな」

「坊主にもらったんだよ」

寺の名前も言ったが、喬太には聞き取れなかった。

「兄いのそば切りはうめえからなあ。うどんもうまいけど」

うどんのほうは、以前、ここでごちそうしてもらった。ほんとにうまいもので、すっかり好物になった。

切り終えたそばを、和五助はすでに沸いていた湯に入れた。茹《ゆ》であがったところですくいあげ、水で冷やした。喬太はこんな料理の仕方を見たことがない。

そば切りがどっさりざるに盛られ、貫作と喬太の前にある切り株の上に置かれた。

和五助の飼い犬二匹が尻尾《しっぽ》を振りながら寄って来た。アカとブチで、二匹ともすごく利口な犬である。

「ああ、おめえらにもごちそうしてやるよ」

和五助は、小さな皿二枚にそばを一握りずつ盛って、地面に置いた。

犬のほうが先にうまそうに食べ始めた。

「ここの犬たちはうまいものを食べさせてもらったりして、幸せそうですね」

喬太は言った。

「だって、こいつらはいざとなったら、わたしたちといっしょに戦ってくれるんですよ」

「ああ」

ほんとにそうだった。この犬たちは兵士のように、敵の中に突進して行ったのだ。

「さあさあ、これをその汁につけて食べてください」

椀にしょうゆみたいな汁が入っている。かきまぜると、きのこを薄く切ったものが出てきた。

和五助や貫作にならって食べ始める。

「うまいですねえ」

一口すすって言った。

「これは冷たくしましたが、熱い汁で食べてもおいしいですよ」

「そうでしょうね」

ここで店でもやったら大儲《おおもう》けできるのではないか。

「うどんと比べてどうですか?」

「まったく違う食べものですね。うどんにはない風味があるんですね」

「だろう。これはこの先、流行《はや》るよ。そうすると、おれの唐がらしももっと売れるようになるぜ」

貫作が嬉しそうに言った。

うどんのときと同じく、これもおかわりをもらった。和五助と貫作は、うまそうに食べるが、そうたくさんは食べない。

食べ終えると、

「昨日はおとっつぁんを助けてもらってありがとうございました」

喬太は改めて丁寧に頭を下げた。

「ふっふっふ。わかりましたか? わたしたちのしたことが?」

「もちろんです」

和五助たちが助けなければ、おとうは間違いなく捕まっていた。するとどうなったかはわからない。

「無事に逃げたみたいですね」

「ええ。でも、万二郎叔父さんは、芝から品川にかけて捜すと言って、今日も朝から出て行きました」

「なるほど」

和五助はそう言って、貫作とうなずき合った。それがどういう意味かはわからない。

「万二郎叔父さんからおいらは何もするなと言われました」

「わたしもそのほうがいいと思いますよ」

「あのとき、和五助さんは、わたしらにまかせろとおっしゃいました」

「はい。そうしてくださいよ」

「なにも教えてもらえないんですか？」

「そういうわけではないんですが、わからないことだらけなんでね。はっきりしたことがわかるまで待っていてください」

「そうですか」

今日もなんとかすこしでもおとうのことを教えてもらいたくて来たのだ。だが、それは難しいらしい。

喬太としてはじれったい気持ちが強いが、父はよほどたいへんなことに関わっているのだろう。

「それより、喬太さん、なにか面白い話はありませんか?」

和五助は訊いた。

「面白い話? まさか、退屈ってわけじゃないでしょう?」

「やることはいろいろあるんですが、頭も使うことがないとまずいでしょう」

「へえ……」

ふつう歳を取ると、なにもない、平穏な毎日がいちばんなのだと聞いたことがある。だが、和五助たちは、つねに新しいできごとに耳をそばだてている。喬太はつくづく凄い人たちだと思う。

「はい。差し支えなければ、捕り物の話でもいいですよ」

「じつはここに来る前に……」

と、喬太は光る阿弥陀さまの目の話をした。

「へえ、目が光る?」

「不思議でしょう」

「でも、それにはきっと仕掛けがありますよ」

「阿弥陀さまの思し召しなどではないと？」

じつは、喬太もそう思っている。だが、あまりバチ当たりなことは言いたくない。

「神仏が、そんな悪戯《いたずら》みたいなことをしますかね」

と、和五助は鼻で笑った。

そういえば、和五助の家の中には、神棚も仏壇もない。そういうものは信じていないのかと思っていた。だが、外で頭《こうべ》を垂れ、じっとしているのを見たことがある。あれはどう見ても祈っているようすだった。

「そうかぁ。やっぱり仕掛けですか……」

「目が人の目みたいだったんですね？」

「はい。気味が悪かったです」

「その目はたぶん玉眼《ぎょくがん》と言われるものですよ」

「玉眼っていうんですか？」

「ええ。ギヤマンの玉が入っているんです。後ろにちょっとした穴を開けておいたりすると、日光を受けて光ったりしますよ」

「なるほど」

とうなずいたが、阿弥陀さまの頭のほうに穴は開いてなかった気がする。

「そういうのは、たいがい信者を増やしたくてやったりするんです」

和五助は皮肉っぽい口調で言った。

「でも、拝むのは家の人たちだけですよ」

「ふうむ。信者が増えるなんてことはないですね」

「しかも、旦那がいちばん驚き、興奮しているそうです」

「なるほど。それでも、誰かがなんらかの目的があってしたことなんですよ」

和五助がそう言うと、

「だろうな」

貫作も賛成した。

五

四、五間《けん》（七～九メートル）ほど前の水面《みなも》を鴨《かも》たちが泳いでいる。
鉄砲源太は、舟に寝そべるようにして、鴨を眺めた。当初、夫婦《めおと》の二羽だけかと思ったら、葭《あし》の陰から次々と現われてくる。

鉄砲で撃てばいくらでも獲れるが、やはり撃つのはまずいだろう。なにせ、とてつもない音を出す。

夜の飯のため、鴨ではなく、魚を釣らなければならない。

源太は舟から釣り糸を垂らし、いっこうに動かない浮きを見つめている。

身体の中にはまだあのときのざわめきが残っている。火のついた油樽。真っ赤な炎。黒い煙。右往左往する人々。そして、懐かしい喬太……。

あの包囲から逃げることができたのは、奇跡のようなものだった。

いや、助けてくれた人がいたから、どうにか逃げることができたのだ。

——たぶん、あそこにいた年寄りたち……。

あの二人が助けてくれた。

顔だけ見ると、ずいぶんな年寄りだった。だが、動きは壮年のように機敏だった。

知った顔ではない。武士にも見えなかった。

いったい何者だったのか。

喬太を見ることができた。喬太も父親だとわかったような顔をしていた。ほんとに大きくなっていた。ひょろひょろと棒のようだとも聞いていたが、足腰など、なかなかしっかりしていた。

——もう、これでいい。

人間、欲《よく》をかいたらきりがない。うろうろしていればそのうち見つかって、喬太にも万二郎にも迷惑をかけることになる。

しばらく江戸でほとぼりを冷まし、また京にでも上ろう。おきたを連れて行ってもいいが、もう小網町には近づかないほうがいいかもしれない。それに鉄砲を持っているから、関所の近くは山道を迂回《うかい》しなければいけない。おきたの足で山道は無理だろう。

ここは、洲崎《すさき》あたりの葭の原である。

開発が進む深川だが、このあたりはまだまだ自然のままで、釣り人すら近づかない。見回りの役人にさえ気をつければ、ひと月やふた月は暮らすこともできるだろう。金は、土御門慎斎《つちみかどしんさい》に買い取らせた鉄砲三挺《ちょう》分の代金が手つかずである。食う心配もなかった。

——よかった……。

源太は、王子での将軍狙撃の一件以来、やっと気持ちにゆとりが出てきていた。

六

翌日である。

喬太が万二郎の家で朝飯を食べようというとき、

「親分、大変です！」

と、若い男が飛び込んできた。

ところが、万二郎はすでに下っ引きの八十吉《やそきち》を連れて、芝のほうへ出かけてしまった。住み込みの丑松はまだ帰らず、いたのは喬太だけである。

「どうしたんだい？」

おかみさんが訊いた。こんなことには慣れているので、落ち着いた口調である。

「手代の玉二郎《たまじろう》が殺されたんですよ」

どこの誰とも言わないうちに、手代の名を言われてもわからない。

「お前さんは？」

と、喬太は訊いた。おかみさんほどではないが、この人よりは落ち着いていると思う。

「あ、あたしは室町の信州屋の手代です」

「なんだって！」

光る目の阿弥陀さまの店である。

昨夜、もどって来た万二郎に、阿弥陀さまのことは報告した。「臭いと思うなら、突っ込んで調べてみてくれ」と言われていた。

だが、まさか殺しまで起きるとは思わなかった。阿弥陀さまの目が光ったのと、関わりはあるのだろうか。

「おかみさん？」

振り向いて、指示を仰いだ。

「あんたしかいないんだ。頼んだよ」

「はい」

と、うなずき、

「番屋には報せたかい？」手代に訊いた。

「別の者が行きました」

であれば、まもなく奉行所から同心や小者《こもの》も駆けつけて来る。喬太一人で調べるわけではない。

手代といっしょに駆けた。

小網町二丁目から室町は、魚河岸《うおがし》を突っ切ってすぐである。

魚河岸界隈は朝のひどい混雑で、ちょっと回り道をすればよかったと思ったほどだった。

「こっちです、こっち」

店に入ると、さらに奥へ案内される。阿弥陀さまのある部屋のわき、奥の階段を駆け上がると、二階からさらにもう一つ、小さな階段を上った。

物干し台に出た。昨日、話を聞いた番頭の善蔵が、難しい顔で立っていた。

「ああ、あんたかい」

「すみません。親分は出かけちまっていて」

「うん、いいんだ。町方のお役人も来てくれるだろうしね」

番頭が指差した先に、男がうつ伏せに倒れていた。

「玉二郎って名でね」

喬太はゆっくり近づき、顔をのぞき込んだ。

まだ、若い。二十歳ちょっとくらいか。

胸のあたりに血だまりが広がっている。かなり乾いている。夜のうちに殺されていたのだろう。

本当なら遺体をひっくり返して、傷を確認しなければならないが、喬太はしたくない。早く同心に来てもらいたい。

「玉二郎さんは、住み込みですか？」

「そうだよ」

「よく、ここに来るんですか？」

「さあ」

と、番頭は首をかしげた。

「昨夜はなにしてたんでしょう？」

「同じ部屋の手代の話だと、玉二郎は真面目な男で、夜も酒を飲んだりせず、早々と寝てしまうんだそうだ。ただ、昨夜は、その手代が外からもどったときに布団にいないので、珍しいなと思ったそうだよ。手代は酔っていたので、そのまま寝入ってしまったとか」

「その手代は、おいらを呼びに来てくれた人ですか？」

「いや、別の者だよ。いま、店のほうにいるよ。どうしても手が離せないのでね」

こんなときでも、店を休むわけにはいかないのだろう。

——なんで、こんなところにいたんだろう？

洗濯物は干されていない。ということは、別になにかを干しに来たわけではない。星や月でも見に来ていたのか。

喬太自身、月の満ち欠けに興味を持ち、毎日、場所やかたちを眺めては、図にしたこともある。

昨夜は十七日で空は晴れていた。月明かりで、空だけでなく、地上の景色もよく見えていただろう。

二階の物干し台で、かなり高い。周囲にここより高い家はほとんどなく、ずいぶん遠くまで見通せる。

——ここから見えるところは？

荷上げのための掘割が二つできている。その向こうが、喬太は行ったことはないが、吉原があったあたりである。

その吉原も大火ですっかり焼けてしまい、今度は浅草の裏のほうに移転されるらしい。その向こうは大川のはずだが、さすがにそこまでは見えない。

見回していると、

「どうもお疲れさまでございます」

と声がして、あるじとともに同心の根本進八《しんぱち》が姿を見せた。ほかに小者が三人、従っていた。

六畳間ほどの物干し台が、たちまち手狭になった。

「よう、喬太じゃねえか」

根本が声をかけてくれた。

「はい。親分が芝のほうに行ってまして」

「うん。じゃあ、おめえに助けてもらうさ」

根本はそう言って、しゃがみ込むと遺体を仰向《あおむ》けにした。

喬太は一瞬、目を逸《そ》らしたが、しっかり遺体を見つめた。心ノ臓あたりを一突きされていた。

「誰かに恨まれたりしてたのかい？」

根本が後ろにいたあるじに訊いた。

「それはちょっと考えられませんね。まだ若いですが、よくできた男で、ほかの手代たちとも親しくしていたと思います」

あるじがそう言うと、後ろから顔を出した、喬太を連れて来た手代も、そうだというようにうなずいた。

「夜、ここで、なにしてたんだろうな？」

根本はまたあるじに訊いた。やはり、同じ疑いを持ったのだろう。

「さあ。あたしにはちょっと想像もつきません」

「誰かに呼び出されでもしたのかな」

「誰かに？」

「昨夜、この家にいた者の名前を紙に書いてくれ」

「わかりました」

あるじはうなずき、すぐ手代にその仕事をするよう命じた。

手代が物干し台から下りて行くのを見て、

「どうだ、喬太？」

根本が訊いた。

「まだ、なんとも言えませんが、この店でおかしなことが起きていたのです」

「おかしなこととはなんだよ？」

「はい……」

と、喬太はかんたんに阿弥陀さまの光る目のことを語った。

「面白い話だが、なんか関わりはあるのかな」

「まだ、わからないのですが」

「ま、とりあえずは殺しのほうを優先してくれ」

根本はそう言って、喬太の肩を叩いた。

「わかりました」

なんだか言外に、おめえも大変だろうがと言われた気がした。

根本進八は、手代が書いてきた紙を見ながら、昨夜、この家にいた者に一人ずつ話を聞いた。あるじとおかみさん、死んだ玉二郎を除いて住み込みの手代が四人、小僧が三人、女中が二人、これで全員だった。

喬太もわきで、全員の話を聞くことができた。

ただ、話を聞くと、昨夜はあるじのもどりが遅く、そのあいだ、横の出入り口の戸が開いていたという。そこから外の者が出入りしたことも、考えられなくはなかった。

「まいったな、喬太」

と、根本は言った。

「はあ」

「外の者の出入りも考えることになれば、調べの範囲も相当広げなければならねえぞ」

「あ、そうですね」

「話を聞いた限りでは、とくに怪しげなやつもいなかったがな」

「ええ」

喬太はうなずいたが、そこはまだ決めつけられない気がする。

「なにか、思ったことはあるか？」

「この物干し台からなにかを見ていたのかなって思いました」

「なるほど」

「それと、阿弥陀さまの目が光ったというのはやっぱり気になります」

「ふうむ。じゃあ、その線で調べを進めてみてくれ」

根本はそう言って、ひとまず奉行所にもどることになった。

七

遺体は早桶《はやおけ》に入れられ、手代たちの住まいのほうで通夜がおこなわれることになった。

店は早めに終わるようにしたらしいが、客たちにはなにも告げられず、そのまま商いがつづけられている。

万二郎はおそらく夕方までもどらない。喬太はそれまで、できるだけ多くのことを調べておくつもりだった。

まずはあの物干し台から見えるものを確かめておきたい。

遠くだけではない。店の裏手も見えていた。

とくに変わったものがあるわけではない。かんたんに飾った庭と、なまこ壁の蔵があるくらいである。

そこへ行ってみた。

蔵の陰から顔をのぞかせてみると、なるほど物干し台はよく見えた。

——ん？

地面に炒《い》った大豆が三粒ほど落ちていた。

最近、どこかで見た気がする。

しばらく考えて思い出した。母屋の阿弥陀さまの台座に、お供えみたいに大豆が載っていた。

——なんで、こんなところに？

やはり、阿弥陀さまとなにかがつながっているのだ。

店の表に行き、番頭に訊くことにした。

「あのう」

どうしても遠慮がちになってしまう。丑松みたいに図々《ずうずう》しくはできない。

「どうしたい？」

「昨日、今日は、阿弥陀さまの目が光ったりしませんでしたか？」

「あれからは光ってないね」

「じつは、蔵の裏に炒り大豆が何粒か落ちていたんです。阿弥陀さまのお供えなのかなと思いまして」

「ああ、炒り大豆もお供えしてたね。でも、あれはお茶受けなどのために、そのへんにも皿に入れて置いといたりするので、お供えとは限らないよ」

「そうでしたか」

ちょっとがっかりした。

「ところで、あの阿弥陀さまはどうしたんですか？　頼んでつくってもらったんでしょうか？」

「あれはあるじが五年ほど前に、仏具屋から買ったんだよ」

「どこの仏具屋ですか？」

そこに行って、仏像になにか仕掛けがあるのか訊いてみたい。

「ちょっと待ちな」

と、番頭は店の帳場の後ろのほうにいたあるじのところに行った。

番頭がなにか言うと、あるじは直接、こっちに来て、

「あの阿弥陀さまかい。あれを買ったのは、浅草橋の近くにあった法隆堂《ほうりゅうどう》という仏具屋なんだけど、大火で焼け、あるじのほか手代が何人も亡くなって、つぶれてしまったんだよ」

と、言った。あるじの歳は四十くらいだろうか。喬太相手にも気さくに話しかけてくれる。

「いまはないのですか？」

「ないね」

首を横に振った。

「あの仏像について詳しく訊きたいのですが」

「そいつは残念だねえ。あたしも拝むばっかりで、銅像のことはまったく無知なん

だよ」

「そうですか……」

どうしたらこの仏像のことがわかるのか。

八

通夜のときに、ほかの手代の話をもうすこし詳しく訊いてみるつもりである。

だが、もうちょっと調べの手がかりが欲しい。

腕組みしながら日本橋の上を歩いていると、

「おや、喬太さん」

「和五助さん！」

昨日、そばをごちそうになったばかりである。

「どうしました？　浮かない顔ですね」

「はい。じつは例の光る目の阿弥陀さまの店で、今朝、殺しが起きたんですよ」

「殺しが！　それはまた、大変でしたね」

「しかも、なんとなく関わりがありそうな阿弥陀さまのことも、はっきりしないのですよ」

「玉眼のやつね」

と、和五助はうなずいた。

「古いものだから、もしかしたら由緒があるのかもしれません」

「どれくらい古いんです」

「後ろに、天正二十五年、僧吟泰造と彫ってありました」

「天正二十五年ですって？」

「はい。ずいぶん古いものなのでしょう？」

「はっはっは。それは新しいものですよ、喬太さん」

和五助は手を叩いて笑った。

「え？　どうしてです？」

「天正ってのは二十年まででね。そのあと文禄《ぶんろく》という年号になるんです。だから、それは贋物《にせもの》です。たぶん、天正が二十年までしかないことを知らないようなやつがつくった最近のものでしょう」

「かなり錆びて、古いものに見えますが」

「銅の錆なんてかんたんにつくれます。濡れた落ち葉でもくっつけておけば、たちまち錆びてきますから。わたしも昔、銅の城門をひそかに壊しておこうとして、やったことがありますよ」

「そんなことを」

「古く見せているだけですよ。となると、それは贋物づくりの本職の仕事ですね。その手のことは貫作に訊いたほうがいい。よし。いまから、貫作のところに行きましょう」

和五助はそう言って、励ますように喬太の肩を叩いた。


貫作の店は両国橋に近い薬研堀にある——とは聞いていたが、じっさいに来たのは初めてである。

「ここですよ、ここ」

和五助が指差した。

「え、こんな立派な店なんですか」

喬太は啞然《あぜん》とした。間口も十間（約十八メートル）以上ある大店である。身の丈ほどもある真っ赤な唐がらしの張り子が、軒下にぶら下がっているのも目を引いた。貫作が店のいちばん奥に座っているのが見えた。ここでは中島徳右衛門《なかじまとくえもん》という名だと、前に聞いていた。

「そう。あいつはああ見えても、商いがうまいのですよ」

「へえ」

店にいるときの貫作は別人のようである。もともと上背もあって、立派な身体をしているのだが、座布団の上だと、どっしりしていかにも金持ちそうである。顔つきまで違って、謹厳そうである。

「なんだか、気取ってますでしょ」

「気取っているというより、ほんとに大店のあるじみたいです」

「大店のあるじというのも嘘ではないんですよ」

「そうですね」

「でも、昔からあいつを知っているわたしは、笑ってしまいます」

和五助はじっさい声を出して笑った。

すると、気配を察したのか、貫作はこっちを見た。その途端、

「和五兄い」

子どもみたいな顔になって外へ出て来た。

いかにも大店のあるじといった貫作が、みすぼらしいと言ってもいいような和五助に親しげにするようすを、通りがかりの人が不思議そうに眺めた。

「ちっとおめえに訊きたいことがあってな」

「鳩を飛ばしてくれたら、こっちから行ったのに」

「喬太さんの用事なのさ」

「ああ、そう。なんだい、喬太さん？」

貫作は喬太に訊いた。

「じつは……」

と、信州屋の仏像のことを説明した。

「天正二十五年、僧吟泰造とあったかい。そりゃ、かんたんだよ」

「かんたんなんですか？」

「もちろん贋物なんだけど、じゃあ、なにかを真似したのかというと、そうではな

い。吟泰という坊主は本当にいて、仏師のように仏像をつくっているんだ」

「だったら、なんで嘘とわかるような天正二十五年なんて刻むんだ?」

　と、和五助がわきから訊いた。

「それがこの吟泰ってやつの変なところでさ。もともと、お釈迦さまってのは、仏の姿はわからないのだから、こうした像をつくって拝む意味はないということをおっしゃっていたんだそうだ」

「ははあ。そりゃあ同感だな」

　と、和五助はうなずきながら言った。

「だが、人というのはなにか拝むものがあったほうが拝みやすい。それで吟泰も仏像をつくっているのだが、しょせんこれは本当の仏とは違う贋物だと知らしめたくて、さも、贋物らしくしてるらしいぜ」

「でも、わざわざ緑青《ろくしょう》など出るようにして、本物のように古めかしくしてるんじゃないのですか?」

　と、喬太が訊いた。

「そこらは、どういうつもりかわからない。当人に訊いてみればいい」

「え、会えるのですか？」

なんとなく死んだ人かと思っていた。

「会えるよ。向島《むこうじま》に住んでいる。ただ、相当変わった男だぜ。金儲けに夢中になった連中が、こいつの腕のよさを利用しようとするんだけど、金儲けにはいっさい興味がないみたいだ」

「そりゃあ面白そうな男だ。会ってみたいな。喬太さん、わたしもいっしょに行ってもいいですか？」

「はい。もちろんです」

ここまで手がかりを得られたのも、和五助のおかげである。


吟泰は向島に小さな庵《いおり》を結び、そこで牛を飼っていた。

「お坊さんが牛を飼ってもいいのですか？」

喬太は和五助に訊いた。なんとなく四つ足は遠ざけるのだと思っていたのだ。

「だいぶ変わった坊主のようですね」

和五助はうなずき、牛のほうに近づいて、背中を撫でたりした。

「これはいい牛ですよ、喬太さん」

「へえ」

「乳もたっぷり取れるでしょうね」

二人で牛を触ったりしていると、

「どなたじゃな？」

と、声がした。

振り向くと、よく肥えた坊主頭の男がいた。まだ、それほどの歳には見えない。四十半ばくらいだろうか。

「仏像をつくられている吟泰さんですよね。そのことで、ちょっと訊きたいことがありまして」

喬太が数歩前に進んで訊いた。

「ああ、仏はこの三年ほどつくっておらぬよ。もう、止《や》めた」

「やめたのですか？」

「うん。いろいろ迷うことがあってな」

「はあ」

「仏像など、しょせん、本物の仏とは似ても似つかぬものだぞ」

「そうなのですか」

「たぶんな。ああいうものをいろいろつくって衆生《しゅじょう》を騙《だま》すのさ。寺だの、坊主ってやつはな。てめえ一人で拝んでいる分にはいいよ。そのうち、それを人に拝ませ、金をもらうようになる。お釈迦さまの教えからどんどん遠ざかっていく」

「じつに同感だな」

和五助がわきから嬉しそうに言った。

「寺だの神社だの仏像だの神像だのが立派であるのはくだらねえよ。拝むことで飯を食っている坊主や神主は、皆、詐欺師だ」

「そこまで言える人もめずらしいな」

和五助は感心している。

「あいつら皆、バチが当たる。もちろん、わしもな。わしは、ちょっとつくり過ぎたかと後悔してるんだ。しかも、つくっているうち、変に夢中になって、いいものにしようとしてしまう。結局は衆生を騙すのに加担している」

吟泰は、ひどく怯えた顔になって言った。

「じゃあ、吟泰さんは還俗《げんぞく》してしまったんですか？」

「還俗はしておらぬよ。ほら、見た目も坊主だろ」

「はあ」

「それで、怖いけれど、仏のバチが当たる日を待っているんだ」

そう言って、吟泰はひどく神妙な顔をした。

「その吟泰さんがつくった阿弥陀さまのことですが」

「阿弥陀さま？　わしはたいがい釈迦像か弥勒菩薩《みろくぼさつ》をつくっていて、阿弥陀さまは一体しかつくっておらぬ。あれは、浅草橋の法隆堂という仏具屋が買い取り、下谷《したや》の新妙寺《しんみょうじ》に卸したはずだぞ」

「そうでしたか。その阿弥陀さまを見せてもらいましたが、あれは玉眼ですよね」

「そうだよ」

「その目が光ったと言う人がいるんです」

「別に不思議なことではないさ」

「もしかして、中になにか入れたりできるんですか？」

「できるさ。小さなろうそくでも入れたら、目は光るだろうな」

「どうしたら開くんですか？」

「見ても気づかなかっただろう？　じつは、耳のところをねじみたいに回すと開けられるようになっているのさ」

「耳が！」

これで、阿弥陀さまの目が光った謎は解けた。だが、それをした者は、耳のところの秘密がよくわかったものである。

「仏像をつくるのをやめて、あんたはなにをしてるんだね？」

と、和五助が訊いた。

「牛を飼って、乳を搾ってるよ」

「売るのかね？」

「ああ。ここらに養生にきている隠居たちが、薬だと言って飲むのさ」

「あれは精がつくしな」

和五助もあの乳からおいしい脂を取っていたこともある。

「それと、金魚を飼っている。これも大名たちに高く売りつけて儲けてるのさ」

「そりゃあいい」

和五助は笑った。

吟泰に礼を言い、喬太と和五助は舟を拾って帰ることにした。和五助はここからだと同じ大川の東側になるが、いったん喬太を対岸へ送ってくれるという。

舟に乗り込むと、喬太は言った。

「面白い人でしたね」

「そうですね。でも、当人は真面目に仏のことを考えているのでしょう。わたしも共感するところはいっぱいありましたよ」

「でも、本気で仏のバチが当たると、怯えていたみたいですよ」

「そうですね。だが、あいつにバチが当たるようなら、わたしも当たっているでしょうね」

和五助は苦笑いした。

この和五助の言葉に、

——もしかしたら、目が光ったのや、大豆が落ちてたりしたのは、バチが当たるぞ、そして仏さまは見てるぞという合図だったのではないか。

と、喬太は思った。

浅草のあたりで舟を降ろしてもらった喬太は、駆け足で下谷の新妙寺へ向かった。うまくすると、通夜にやって来る根本進八や万二郎にいい報せをもたらすことができるかもしれない。

九

下谷の新妙寺は大きな寺ですぐにわかった。このあたりはあの大火でも焼けずに済んだらしく、新妙寺の本堂も古くて立派なものだった。

ちょうど門前にいた住職が、喬太の問いに答えてくれた。

「吟泰のつくった阿弥陀さま？　ああ、うん。あの変わった男のやつな」

「いったんは、ここに入ったそうですね」

「そう。もう五年ほど前だぞ。なかなかいい阿弥陀さまだったのだが、後ろに天正二十五年とあるのに、檀家《だんか》の誰かが気づいてな」

「ああ、気づいたのですね」

「それで、これはどういうつもりだと、つくった吟泰を呼んで責めたのさ。変わった坊主でな。わしは、一理あると思ったが、あいつの言い方が檀家の連中の神経を逆撫でしたのさ」

「わかります」

あれだけ言いたいことを言ったら、当然、怒り出す人たちもいるだろう。

「結局、仲介した法隆堂という仏具屋に返してしまったのさ」

「そうでしたか」

それを信州屋が買ったのだろう。

「それがどうかしたのかな？」

「じつは、その阿弥陀さまは……」

「室町の信州屋という店にあるよ」

住職はさらりと言った。

「どうして、それを？」

「うん。この寺で以前、小坊主をしていた者が、家の都合もあって、商いの道に入ることになったのさ。それで、室町の信州屋というところに奉公したのだが、あるときあるじが家に阿弥陀さまを入れて拝み始めたんだそうだ」

「まさか、それが?」

「そう。しばらくここにいた阿弥陀さまだった。思いがけなく再会したからびっくりしたらしい」

「そりゃあそうでしょう」

「だが、店の人には言わなかったそうだ。なにせ、同輩からからかわれたりするので、小坊主をしていたというのもないしょだったからな」

「ははあ」

「去年、顔を出したとき、教えてくれたよ」

「では、あの阿弥陀さまの耳が開くのは知っていたのですね」

「ああ、あんたも知ってたかい。そう、あれは耳のところが開くようになっていて、中にろうそくを入れると、目が光るのさ。そんな悪戯ができるようにしてくれなんて頼まなかったんだがな」

「その小坊主をしていたというのは、玉二郎さん?」

「そうだよ。元気でやってるかい?」

住職はなんの疑いもなさそうに言った。

「ええ、はい」

喬太にはとても言えない。

岡っ引きの仕事をつづけたら、人の死を告げるようなこともしょっちゅうあるのだろう。自分にはとてもできそうにない。


陽も落ちかけている。

喬太は室町の信州屋に向かった。

肝心なことはわかった。玉二郎は、阿弥陀さまの目を使って、誰かに忠告したかったのだろう。

「阿弥陀さまがちゃんと見てるぞ」と。

それは、当人には直接、言いにくいことだったのだろう。

あの母屋の奥ではやらなくなったが、次に裏庭の蔵のところでするようになった。

それで、玉二郎は次にあの大豆をぶつけたのだ。

「そんなことをしたら、阿弥陀さまのバチが当たるぞ」と。

あとは、母屋の奥や蔵の裏手にいた人を見つければいい。その者こそ、玉二郎殺しの下手人であるはずだった。

十

信州屋に着いたとき、暮れ六つ（午後六時）前だがすでに店は閉められ、玉二郎の通夜が始まっていた。

すでに根本も万二郎も来ていて、喬太は二人にいままで調べたことを伝えた。

「なるほど。バチが当たるぞとな」

根本は感心し、

「よくやったな」

と、万二郎も肩を叩いて褒めた。

「じゃあ、あとは親分、お願いします」

喬太は隅のほうでなりゆきを見守るつもりだった。

「ちょっと、待て、喬太。おめえ、ここまでやったんだ。最後までやってみな」

「え？」

「あと一息だろうが」

「そうなんですが」

万二郎は読経《どきょう》がおこなわれているのを無理に中断させ、喬太を早桶のわきに立たせて、

「ほら」

と、うながした。

喬太は恥かしそうに頭を掻《か》いて、

「亡くなった玉二郎さんは、まだ二十歳の若さだったそうです。さぞや悔しかったと思います。ですから、おいらはなんとしても下手人を明らかにしてやりたいと思います」

これが舞台の上の役者だったら、客はたちまち「金を返せ」と騒ぎ出しただろう。

だが、この席だと、不思議な緊張感を醸して、皆、耳を傾けた。

「玉二郎さんは、きっと見たくもなかったのに、嫌なところを見てしまったんです。でも、そのことを直接、言うことはできなかった。それで、阿弥陀さまの銅像を使って、わたしは見たぞ、それはよしたほうがいいぞ——と、伝えたかったんだと思

います。玉二郎さんは、あの銅像の耳のところを開けて、中にろうそくを入れたりできることを知っていたんです」

「そうなのか」

「へえ」

「耳のところがね」

そんな声が上がった。

「四日前と、さらにその十日前と、この阿弥陀さまの目が光っていたのに気づいた人は？」

と、喬太は皆を見回して訊いた。

「ああ、あたしは見たよ」

「おれも見た」

「あの日は寒かったよなあ」

番頭や手代たちから声が上がった。

皆、屈託がない。それはやましい気持ちがないからだろう。だが、光る目が見えるところでやましいことをしていた者は、どきりとする。玉二郎は、どきりとさせたかった。

「四日前というのは、蔵出しのときだよな」

「そうだよ。あのときは、皆、店の前で荷車に砂糖壺《つぼ》を並べていたじゃねえか」

「来てないのがいたか？」

「お内儀《かみ》さんくらい……」

手代の一人がそこまで言って、言葉を引っ込めた。

「え？　お里《さと》？」

あるじが通夜の手伝いをしていたお内儀さんを見た。

歳は三十くらいか。ちょっと肉付きのいい、だが、きれいな女である。

「なんですか。あたしは、だって、荷物運びなんかやらないもの。ずっと二階に行ってたわよ」

お内儀さんは、ちょっと震えた声で言った。

「あれ？」

と、朝、喬太を呼びに来た手代が、隣の手代を見た。

「次郎助《じろすけ》。お前、いたっけ？」

「いただろうよ」

「最初のうち、ちょっとだけな」

「そんな」

次郎助の顔は青ざめている。

「ちょっと待て。その十日前、やっぱり阿弥陀さまの目が光った日は、新しい砂糖の見本が来て、皆で味くらべをしていた日だったな」

あるじが言うと、

「そうでした」

「皆で店のほうに集まり、砂糖の良し悪しを話し合っていたんです」

「お里。お前、いたかい？」

「だって、あたしは頭が痛かったから二階で休んでいたんですよ」

「誰か薬を持って行ったな？」

「それは……」

皆はちらちらと次郎助を見ていた。万二郎がさりげなく次郎助の近くに動き、根本進八は出入り口をふさぐように立った。

「玉二郎さんといっしょの部屋というのは？」喬太が訊いた。

「次郎助だよな」手代の一人が指を差した。

「おれは出かけていたぜ」次郎助は怒ったように言った。

「旦那さまは、昨夜は家に？」

「いや。あたしは会合があって遅かったよ」

あるじはつらそうに俯《うつむ》いた。

息苦しいような沈黙が訪れた。誰もなにも言わないが、視線の流れみたいなものができていた。ちらりちらりと視線が一人に集まるのだ。

ふいに大声が上がった。

「だって、お内儀さんが！」

次郎助が言ったのだった。

「お内儀さん。なんとか言ってください！　殺せと言ったのは、お内儀さんじゃないですか！」

内儀のお里は、居直ったような顔でそっぽを向いていた。

十一

土御門慎斎は、王子の騒ぎのあと、いったん北へ逃げ、半月ほどして江戸にもどっていた。

今度の隠れ家は、上野不忍池《しのばずのいけ》のほとりにあった。いざというときのため買ってあったもので、新川《しんかわ》の酒問屋が上方からのお得意さまを滞在させる家という建て前だった。このため、近所の者も、上方訛《なま》りのある慎斎を疑うことはなかった。

慎斎は手下から、鉄砲源太が町方の囲みを破って逃亡したらしいということを聞いた。

源太が元の家に姿を見せることは予想していた。あの、甘っちょろい性格の男が、そういうことをせずに逃げ切ってしまうはずがなかった。

もしも家におさまるようだったら、夜、爆薬を使って殺してしまうつもりだった。

それより先に、町方が見つけてしまったらしい。

いまや、あの男を生かしておくのは危険だった。由井正雪《ゆいしょうせつ》の乱が密告によってもろくも失敗したように、どんなに周到に計画を運んでも、足をすくわれることはあるのだ。

「源太はどこに逃げました？」

慎斎は、ずっと江戸にいた部下に訊いた。

「舟でしたので、町方も追い切れなかったようです。ただ、源太の弟の岡っ引きが、このところ品川の浜あたりを捜しているようです」

「たぶん、源太は舟で暮らしている。水辺を探れば見つかるはずです。あいつは逆に、急いで江戸から立ち去ったりはしない。鉄砲の腕はこの国でいちばんでも、しょせんは職人。そこらはど素人《しろうと》が思案する程度のことでしょう」

と、土御門慎斎は笑った。

第二話　片違いの雪駄

一

「すみません。ちょっとどいてもらえますか」

喬太が提灯《ちょうちん》を差し出しながら野次馬をかき分けようとしたが、前にいる男はどこうとしない。

「ほら、どいた、どいた」

後ろから来た丑松が野次馬たちを怒鳴りつけた。丑松は父親の具合がすこしよくなったというので、昨日から万二郎のところにもどって来ていた。

喬太の二歳上だというのに、そのへんのやくざ者並みの迫力である。喬太が言っても誰もよけなかったのに、皆、怯えたようにわきに寄った。

道ができたところを万二郎親分がすり抜けて遺体の前に立った。

遺体は野次馬たちが向ける提灯の明かりの下で、仰向けに横たわっていたが、それを一目見て、

「なんだ、こりゃ」

と、万二郎は言った。

お面のようなものをかぶっている。が、そのお面は目も鼻もないのっぺらぼうである。

「粘土をかぶせられてるみたいですね」

喬太が万二郎に言った。

これで顔をふさぎ、息をつけなくしたのか。顔をそむけようとして暴れた拍子に倒れ、後頭部をわきの切り株にぶつけたのだろう。頭の後ろが切り株に当たって血が流れている。

万二郎は手をかけ、剝《は》がそうとしたが、

「親分、そおっと外したほうがいいですよ。それは下手人の手形です」

と、喬太がわきから言った。粘土の上に手のひらのかたちが見えている。

「あ、そうだな。喬太、おめえ、やってくれ。おれは細かい仕事が苦手なんだ」

「…………」

内心しまったと思った。遺体の顔を直視しなければならない。喬太はいまだに遺体や血を見るのが怖い。

だが、しょうがない。誰かがやらなければならないのだと思い直し、遺体のわきにしゃがみ込んだ。

顔の下のほうから剝ぐようにしようと、指をかけた。粘土は意外に固いが、顔にぴったり張りついている。

まだ、身体にぬくもりが残っているのがわかる。殺されてから、それほど時は経《た》っていないのだ。

手形を崩さないよう、できるだけそおっと粘土を持ち上げていく。

徐々に顔が見えてきた。顎《あご》から鼻へ。

野次馬たちも周りを囲み、息を詰めて見守っている。

——ん？

なにか変な感じがした。顔を上げて、野次馬の顔が見たい。

「なんてこった」

野次馬の声が聞こえた。

だが、いまはそれどころではない。

喬太は自分の顔も遺体に近づけるようにして、さらに剝ぎ取っていく。

鼻から目が見えてきた。目が開いていたら嫌だと思ったが、幸い閉じていてくれた。だが、ぎゅぎゅっと目を閉じて、断末魔のときの表情がそのまま残っていた。

「こりゃあひでえな」

「むごい死に顔だぜ」

野次馬たちから声が出た。

死体の歳は三十くらいだろうか。無精髭《ぶしょうひげ》が伸びている。お店者《たなもの》という風采《ふうさい》ではない。新しくはないが、濃い茶色の縞《しま》の着物。貧しげな恰好《かっこう》でもない。素足に雪駄《せった》履き。遠くから来たなら、もっと汚れているかもしれない。

「親分」

喬太は上を見た。

「ああ。誰か、こいつを知ってるか？」

万二郎が周囲の野次馬たちを見て訊いた。

喬太もいっしょに周囲を見た。さっきの変な感じは消えている。

「どうでえ？」

「………」

誰も答えない。

万二郎と目が合うと、皆、首を横に振るだけである。

「見つけたのは誰だ？」

万二郎が訊くと、

「あっしです」

近くにいた若い男が軽く手を上げた。まだ二十歳ちょっとくらいか、かすかに笑みまで浮かべている。遺体を見つけたことが、タケノコの先っぽを見つけたことくらいに思っているみたいである。

「おめえ、夜中にこんなところでなにやってたんだ？」

「いや、あの……」

慌てたようすになり、周りの者から怪しいやつというふうに見られた。

ここは小網町三丁目の大川近くにある神社である。富士山を祀《まつ》っているらしい。

前の道は人通りも多いが、この神社は入り口が狭くて長い。夜になると、あまり人は入ってこない。手を合わせる人も、通り沿いにある鳥居のところで柏手《かしわで》を打ってもどってしまう。

「じつは、もう一人いまして。これが」

と、小指を立てた。

女を暗がりに連れ込み、楽しいことをしようという魂胆だったのだ。だが、女はこの事態にさっさと逃げ出してしまったらしい。

「なるほどな」

万二郎はうなずいた。

殺しに関わりがあるやつなら、遺体を見つけてわざわざ番屋に報せたりはしないだろう。

「おめえはここらの者かい？」

万二郎はさらに遺体を見つけた男に訊いた。

「はい。霊岸島《れいがんじま》の北新堀町《きたしんぼりちょう》でさあ」

すぐそこの崩橋を渡れば霊岸島である。

「職人か？」

「いえ、おやじの手伝いで豆腐屋をしてますが」

「豆腐屋ならここらの者は知ってるだろう？」

「だいたいは。でも、その男は見たことがありません」

と、首をかしげた。

このあと、このあたりの町役人たちを呼んできて、顔を見てもらったが、やはり誰も知らない。

仕方なく、遺体を番屋に運ぶことにした。

報せを聞いて、同心の根本進八も若い同心と小者三人を連れて駆けつけて来た。同心が二人とも足袋《たび》を履いていないのは、すでに八丁堀《はっちょうぼり》の役宅にもどっていて、そこから来たからではないか。

「近くの番屋にはこのことを報せて、怪しい野郎がいたら、名前と住まいを訊いておくように言ってくれ。それと、この現場と、遺体を置いた番屋に、小者を一人ずつ残しておく。あとは、明日、明るくなってからだな」

根本は若い同心にてきぱきと指示し、

「万二郎たちも明け六つ（午前六時）からだ」

そう言って、引き返して行った。

万二郎親分は、この何日か兄の源太を捜すのに一生懸命である。

「おれが見つけてお上に突き出したほうが、兄貴の罪を減じてもらえるはずだからな」

とも言った。

だが、なかなか行方はわからない。

「もしかしたら、もう江戸を出ちまったかもしれねえ」

そう言われたら、喬太はがっかりしてしまった。

「喬太の顔も見られたはずだしな」

「はあ」

おとうはそれだけで満足なのだろうか。なにか言いたいことはなかったのか。

万二郎は、今日も兄を捜しに行きたいようだったが、殺しとあってはそうそう下っ引きたちにまかせるわけにはいかない。明け六つから現場に来て、調べの手配をした。

「八十吉はこのあたりで昨夜怪しいやつを見なかったか、訊いて回るんだ」

「はい」

さっそくいなくなった。

「丑松はこのあたりの町役人を呼んできて、死人に見覚えがあるか確かめてくれ」

「わかりました」

と、丑松も立ち去った。昨夜、小網町と箱崎町の町役人には見てもらったが、もっと範囲を広げるのだろう。

「喬太はこの現場をもう一度じっくりと見ておいてから、番屋に来てくれ。おれは遺体をもう一度くわしく見て、手がかりを捜してみる。なんせ、殺されたのが誰かわからねえことには、下手人も捜しようがねえや」

「はい」

「おめえ、昨夜の遺体でなにか気づいたことはあるか?」

「お店者という感じじゃないと思いました」

「そうだな」

「それと、足がそれほど汚れてなかったので、そう遠くから来たのではないだろうとも」

「ほう。そこまで見てたかい。おめえもずいぶんわかってきたみたいだ」

万二郎が嬉しそうにそう言って立ち去ると、喬太は昨夜、男が倒れていたところを注意深く眺めた。

この神社に神主はいない。西のほうの浅間《せんげん》神社を勧請《かんじょう》した神社で、なにかあるときは遠くから神主が来るらしい。けっこう参拝客や氏子《うじこ》も多いので、小網町の住人たちから神主に住んでもらいたいという声が出ている。

倒れていたのは、小さいが本殿の真裏あたりである。

その向こうは大名屋敷であり、高い土塀があるので、下手人がそっちに逃げたというのはありえないだろう。

両脇は店の裏手になっている。

神殿に向かって右が八百屋で、左がうなぎやしじみなどを売っている店である。うなぎは調理して、店で食べさせたりもしている。両方の店はともに板塀が回されていて、やはり出入りはできない。下手人は男を殺すと、鳥居をくぐって逃げてしまったのだ。

遺体が横たわっていたあたりがかなり踏み荒らされたようになっているのは、激しく争ったからだろう。あんな粘土で顔をふさがれたら、それは暴れもする。

――だが、なぜ粘土なんだろう。

そんなことをするなら、刃物で一突きしたほうが簡単だし、刃物がなければ手で首を絞めるだろう。わざわざ粘土で顔をふさがなくてもよさそうである。

粘土というのは焼き物の材料になるはずだが、このあたりに窯《かま》があるなんて聞いたことがない。浅草の向こうの今戸《いまど》あたりでやっているのではないか。

もしかしたら、今戸あたりまで足を延ばさなければならないかとも思った。

裏だけでなく、神殿の表から鳥居のところまでじっくり眺めたが、落ちているものも見当たらない。

――そういえば……。

と、喬太は殺された男の顔から粘土を剝いでいるとき、なにか変な感じがしたことを思い出した。

あれはなんだったのか。

ふと、雪駄が頭に浮かんだ。

――片違《かたたが》いだった……。

すぐ近くにいた野次馬の雪駄が、左右片違いだったのだ。鼻緒の柄も違ったし、大きさも違った。なんで片違いの雪駄を履いているんだろうと、ちらりと思ったのだ。

いまごろになって気づいた。

だが、あのときは粘土を剝ぐのに必死で、違和感の正体を確かめることができなかった。野次馬の顔も見ていない。

その野次馬は、殺された男の顔を見たはずである。

「なんてこった」

という声もしていた気がする。それも、片違いの雪駄の野次馬が言ったのではなかったか。

なんてこった、とは、その男のことを知っていたから出る言葉ではないか。

――しまったなあ。

そのとき気づいていたら、あとをつけるなり、尋問するなりできていただろう。

だが、粘土を剝ぎ終えて周囲を見回したときには、もう、片違いの雪駄の男はいなくなっていたのだった。

——ん？

後ろで物音がしたので振り向いた。

神主らしき人が、祈禱《きとう》の道具などを持って、鳥居をくぐって来た。

「神主さんですか？」

と、喬太は声をかけた。

「そうだよ」

「おいらは町方の手伝いをしている者なんですが」

「ああ。弱ったもんだよ。神聖な場所で人殺しなんて」

「そうですね。遺体はご覧になりましたか？」

「見たよ。知らない人だったね」

「粘土を押しつけられて殺されたんですよ」

「そうらしいね」

「この神社と粘土ってなにか関わりはありますか？」

「ここは浅間神社といって富士山を祀っているんだ。いまじゃ、そっちに家が建て込んで富士も見えなくなってしまったけど、昔はよく見えたらしい」

「そうなんですか」

「でも、富士と粘土というのはちょっと思いつかないね。富士の溶岩を置いたりするのはあるかもしれないが、粘土はわからないなあ」

「夜、お参りに来る謂《い》われのようなものは？」

「そりゃあ夜、お参りに来る人もいるだろうね。神社は寺と違って、夜も門を閉めたりしないから。でも、なにかの謂われってことはないね」

「そうですか」

　では、下手人と、殺された男は、なんのためにここにいたのだろう？

　喬太は神主がおはらいを始めるのをわきで見ていたが、とくになにか思いつくことはなかった。

　土御門慎斎の一味である兆次《ちょうじ》は、あちらこちらに視線を走らせながら、越中島《えっちゅうじま》のあたりの海岸を歩いていた。足元が悪く、濡れるし、しょっちゅうつまずくしで、機嫌が悪い。

「まったく容易なこっちゃないぜ」

と、つぶやいた。

この三日ほど、江戸の水辺を歩きつづけている。

「川べりから海辺にかけて捜すのです」

土御門慎斎からそう命じられたのである。

これが大変だというのは初日から痛感した。なにせ、江戸は水辺が多い。しかも小名木川のような運河もどんどん掘られている。

海辺だけというなら、それほど大変ではない。深川から築地や芝、品川までの海岸線を何度か往復すればいいだけである。

これに川が入ると、大川のような大きな川から、神田川やら新堀川、小名木川などの岸辺も入ってくる。しかも、川には海と違って両岸がある。

だが、土御門慎斎の命令である。

——あのお方には逆らえない。

なにせこの世のものとは思えない、奇妙な力がある。人の気持ちを見抜き、世の動きを占う。天の動きさえ予想するのだ。

もし、あの人を裏切ったり、妙な真似をしようものなら、すぐに見破られてしまう。そして、決して許されない。

今年のはじめ、一味から抜けようとした男は、妙な占いですぐに逃亡先を見つけられ、胆を抜かれてから殺された。そうすることで、魂は永遠に地獄をさまようのだという。

源太も逃げられるわけがないのだ。

越中島から洲崎あたりの海辺まで来た。

——ん？

二町（約二百二十メートル）ほど向こうを舟がやって来るのが見えた。遠くて顔はよく見えない。

ここは葭の原がつづく遠浅の湿地で、漁師などはあまり来ないはずである。百姓の海草採りかとも思ったが、乗っていた男は草むらに舟を着け、岸に降り立った。

兆次は見つからないよう身を低くして、ゆっくり近づいて行った。もし見つかったりしたら、鉄砲で撃たれるかもしれない。源太は鉄砲の名人なのだ。

どうやら、男は土を盛ってつくった竈《かまど》のようなものに鍋を載せて、飯を炊き始めたらしい。横顔が見えた。

間違いない。源太だった。

「よし、見つけたぞ」

もどって、慎斎に報せなければならない。

あんな竈をつくっているくらいだから、何日もここにいるのだ。すぐにはいなくならないだろう。

兆次は急いで、来た道を引き返して行った。

二

「この殺しの調べは、難しくなりそうだな」

と、万二郎は言った。

昼まで八十吉が聞き込みをつづけたが、昨夜、このあたりでとくに怪しい者を見たという者は現われなかった。

丑松はこのあたり一帯どころか、川向こうの深川の町役人まで連れて来て、顔を見てもらったが、やはり誰も知らなかった。

また、万二郎も遺体をくわしく調べたが、手がかりになるようなものも持っていなかった。

遺体はまだ置いてあるが、明日あたりには茶毘《だび》にふしてしまうという。

「いまのところ、手がかりは粘土の手の跡だけか」

万二郎は番屋の棚に置いた粘土の塊を見て、顔をしかめた。

死者の顔のかたちと、下手人の手のかたちを残した粘土は、だいぶ乾いてしまっている。

「親分、それに粘土そのものも」

と、喬太が言った。

「ああ、そうか。ここらで粘土なんか採れるか？」

「聞いたこと、ありませんね」

小網町生まれの八十吉が言った。

「でも、親分、粘土って焼き物をつくるときに使うんですよね？」

と、喬太は言った。

「焼き物？　ははあ、今戸か」

「はい」

「今戸から来た連中だってのか？」

「それはわかりませんが」

「ほかに手がかりはねえんだしな。喬太、おめえ、今戸まで行って、あそこらの職人でいなくなったりした者がいねえか、訊いてきてくれ」

「わかりました」

さっそく番屋を出た。


霊岸島から今戸までは、たいした道のりではない。大川沿いに北上するだけで、ちょっと急ぎ足で歩けば、半刻《はんとき》（約一時間）ほどで着いてしまう。

道々、喬太は妙なことを考えた。

あの遺体は、明日には茶毘にふす。すると、ふつうだったら、どういう顔をしていたかもわからなくなってしまう。人相書をつくったりすることもあるが、あれではなかなかじっさいの顔かたちはわからない。

だが、今度はたまたま粘土を押しつけられていたため、そこから顔かたちを復元することができるのだ。

もし、これからも身元がわからないまま、殺された人を荼毘にふすことがあれば、ああして粘土で型を取っておくというのはどうか。

調べが短期ですむときはいいが、長きにわたるようなときは、かなり役立ってくれるのではないか。

――親分や、根本さまに話してみよう。

そんなことを考えるうち、待乳山聖天社《まっちゃましょうでんしゃ》のわきを抜け、今戸に着いた。

畑が多く、家はぽつりぽつりとあるだけである。こんな風景を見ると、小網町はやっぱり江戸の真ん中なんだと思う。

足腰の鍛錬で、このあたりまで走ってきたりしたこともある。大川の近くで煙が立ち上っているのを何度も見かけていたが、これが焼き物の窯だとは思っていなかった。

窯はこんもりと盛り上がった土饅頭のようなもので、そばで見るとかなり大きい。高さも長身の喬太の背を上回るくらいである。それが大川の近くに三つほど点在していた。

そのうちの一つでちょうど煙が上がっていたので、窯の前にいた男に声をかけた。

「すみません。ちょっと訊きたいことがあるんですが」

「なんだい？」

若い、おとなしそうな男である。

「おいら、日本橋の小網町で町方の手伝いをしている者なんですが」

「町方の？」

ちょっと怯えたような顔をした。喬太の顔を見て怯える人はいないので、町方そのものが嫌なのだろう。

「昨夜、顔に粘土を押しつけて殺された男がいましてね」

「ここらで？」

「いや、小網町のほうです」

「小網町っていうと」

「日本橋の近くですよ」

「おれはそっちのほうなんか行ったことないぜ」

身体を斜めに、顔を逸らすようにして言った。

「ええ。別にあなたを疑っているわけじゃありません。ただ、粘土なんてあのあたりじゃあまり見かけないんですよ。それで、粘土で焼き物をつくっているここまで話を聞きに来たんですよ」

「ああ、なるほど」

「このあたりで、昨夜から帰って来ていないとか言われている人はいませんかね？」

「さあ、そんな話は出ていないみたいだけど、おれはここらの者を皆、知ってるわけじゃないからね」

「ええ、それはそうでしょう」

人相、歳恰好も伝えた。

「うーん、おれの知ってるやつにはいなそうだな。今戸で焼き物をやっているやつは、たいがい知ってるけどね」

「窯は三つだけですか？」

「いや、ここからだと家の陰になって見えないが、あと三つばかりあるよ」

「粘土ってのは、このあたりで採れるんですか？」

「ああ、ちっと深く掘らないと出てこないけどね」

「どこでも出るってわけじゃないんですか？」

「そりゃそうさ」

「どこで出た粘土かってわかるものなんですか？」

「どこで出た粘土？」

「ええ、じつはこれなんですが」

と、喬太はたもとから梅の実くらいの粘土を出した。あの窒息させたものから、すこし千切って持って来たのである。昨夜よりずいぶん固くなっている。

男はそれを受け取ると爪《つめ》でちょっと削るようにしたが、

「うーん。難しいなあ。色はこのあたりで採れるのと似ているよ。でも、粘土も水の足し具合や、ほかの土を混ぜるってこともあるし、こね具合でも違ってくるし、なんとも言えないなあ」

真剣に考えてそう言った。

「そうですか」

喬太は、手がかりがどんどん消えていくような気がしてきた。

「ただ、粘土の使い道は焼き物だけと思ったら間違いだよ」

「まだ、ありますか？」

「あるさ。瓦《かわら》がそうだろ」

「あ、ほんとだ」

「へっついだって粘土を固めてつくるぜ」

「あ、へっついね」

どこの家にもある。それが粘土でできていたとは気がつかなかった。

「日本橋あたりで瓦を焼いているのは知らないけど、へっつい師ならいるんじゃないのかい？」

「います」

小網町にもいたような気がする。

これは大きな手がかりになるかもしれない。

丁寧に礼を言って、急いで引き返すことにした。

小網町にもどって、近所の番屋でへっつい師がいるか訊くと、喬太の家がある三丁目の箱崎のほうに行ったあたりにへっつい屋があった。

「あ、ここか」

何度も前を通ったことがある。いままでへっついなんか買ったことがないので、ほとんど目に入らなかったらしい。間口も狭いし、瓦が積んであったりするので、瓦屋のような気がしていた。

そういえば、へっついの薪《まき》をくべる周りには、瓦が使われていたりする。瓦で型どりしてから、粘土を盛っていくのかもしれない。

隣は酒屋になっていて、こっちはおとうがいるころ、何度か酒を買いに来させられた。

「すみません。ちょっと訊きたいことがあるんですが、昨夜、ここに粘土を買いに来た客なんかいませんでしたか?」

「ああ、いたよ」

中で腰を下ろしていた白髪《しらが》のおやじが答えた。

「売ったんですか?」

「売って悪いのかよ？」

「いや、そんなことはないです。ただ、へっつい師って聞いたから」

「そりゃ、銭になるんだもの。材料だって売るさ」

「どれくらい売りました？」

「へっついつくるんじゃないので、そんなにはいらないって、せいぜいかぼちゃくらい、こんなものだよ」

　と、かぼちゃくらいの大きさを手で示した。まさに、あのお面の分量である。

「じつは、そっちの浅間神社で、昨夜、男が顔に粘土を押しつけられて死んでいたんですよ」

「死んだ？　殺されたの？」

「ええ。気がつきませんでした？」

「昨夜、なんだかざわざわしてるとは思ったよ。ただ、今日は朝から八丁堀のほうに仕事に出ていて、いまもどったところなんだよ」

「そうですか」

「おれはなにも関わっていないぜ」

へっつい師は怒ったように言った。

「わかってますよ、そんなことは。それより、その男が粘土を買って行った男かどうか、顔をたしかめてもらえませんか？」

「そりゃあ、そんなことになっていたら断わるわけにはいかねえだろうな」

へっつい師は、喬太に付いて番屋にやって来た。

「そっちの遺体です」

と、わきに座り、筵《むしろ》をよけた。

名前もなにもわからない男の顔が現われた。昨夜より、苦悶《くもん》の表情は和らいでいるような気がした。

「なんまんだぶ、なんまんだぶ」

へっつい師は拝み始め、

「なんだか顔見るのが怖くなってきたな」

「わかりますよ、その気持ちは」

「なんまんだぶ、なんまんだぶ……あんた見てよ」

「おいらじゃわかりませんよ。お願いしますよ」

「じゃあ、ちらっとしか見ないぜ」

本当にちらっとしか見ないで、すぐに視線を逸らしてしまう。

「ちゃんと見てくださいよ。頼みますよ」

「わかったよ」

へっつい師は何度か見たり逸らしたりを繰り返したあとで、ようやく直視し、

「ああ、そうだ。この人だったような気がするぜ」

と、言った。

「やっぱり。いままで会ったことがある人ですか？」

「いや、ないね」

「誰かいっしょに来ませんでしたか？」

「一人だったなあ」

「いきなり来て、粘土を買ったんですか？」

「ああ。でも、粘土のことはよくわかってる男だったな。何に使うんだって訊いたら、人形みたいなもんだと言ってたよ」

「人形？」

人形をつくるための粘土を持って、どうして神社の裏にいなければならなかったのだろう？

三

喬太は万二郎に、今戸に行ってきて、殺された男が今戸ではなくそこのへっつい屋で粘土を買っていたのがわかったと報告した。

「ああ、そこで買ったのか」

「顔も確かめてもらいました」

「お、よくやったじゃねえか」

「でも、そこから先がつながりません。なんでそれを持ってあの境内にいたのか、人形みたいなものをつくると言っていたそうですが」

「みたいなものってなんだよ？」

「さあ。八十吉兄さんや、丑松兄さんの調べはどうです？」

「まだ、なにも言ってこねえな」

万二郎も待ちくたびれたように言った。

「親分。じつはちょっと気になることがありまして」

「なんだよ？」

「おいらが顔の粘土を剝いでいるとき、わきに野次馬がいたんですが」

「ああ、いたな」

「そのとき、片違いの雪駄を履いていた男がいたんです。その男は遺体を見て、なんてこった、と言ったような気がします。なんてこった、とは、何か知ってないと言いませんよね？」

「なんてこった……うん。そうかもしれねえ」

「顔を見ておけばよかったのですが、粘土を剝ぐのに必死で。それに、そいつはすぐいなくなっちまったんです」

「ほう」

「その野次馬のことを調べてみたいんですが」

「そいつが下手人だと睨《にら》んだのか？」

「下手人？」

「ああ。下手人がつい現場にもどっちまうってのはよくあるんだよ」

「そうですか。でも、下手人じゃないと思います。ただ、なにかは知っているような気がするんです」

「かまわねえよ。ほかに手がかりがねえんだから、なんだって調べるしかねえだろうよ」

万二郎の許しを得て、喬太は外に出た。

また、殺しの現場に行ってみる。

神主はすでにおらず、境内全体が掃き清められていた。

喬太は片違いの雪駄を履いた男がいたあたりに立ってみた。

——なぜ、片違いだったのか？

慌てて履いてきたか、暗くて見えなかったからだろう。

でも、あれは色も大きさもまるで違っていた。二、三人分の雪駄があってもそうは間違えない気がする。

——たぶんいっぱいあったんだ。

大勢が集まっていた。

そこから慌てて飛び出してくると、そんなことも起きるのではないか。

ここらでそんな集まりはあったか？

近所で訊いて回ることにした。

鳥居を出て、すぐ隣の八百屋で訊いた。

「ちょっとうかがいたいのですが、昨夜ここらで大勢の集まりはなかったですか？」

「大勢の集まり？　ああ、あったよ」

大根を手にしていた店のおやじが言った。

「どこで？」

「うちで」

「あ、こちらでありましたか」

なんとすぐ隣であった。

「おやじの七回忌の相談に、親戚中の者が集まったのさ」

「何人くらい？」

「何人いたかね。おれの弟が三人と妹が三人だろう。それと、それぞれに連れ合いがいて、子どももいっしょに来てたから、ぜんぶで……三十人てとこかな」

それくらいいたら、慌てて片違いの雪駄を履いて出ても不思議はない。

「その相談の途中で、いなくなった人とかはいませんでしたか？」

「いなくなった？」

「いえ、またもどって来たと思うのですが、中座したりした人は？」

「いたよ」

「いましたか」

「もしかして、万二郎親分のところの人？」

「そうです」

「昨夜、そこであった殺しについて調べてる？」

「ええ」

「いるよ。怪しいやつが。おれは親分のところに相談に行こうと思ってたんだ」

「どういう人です？」

勢い込んで喬太は訊いた。

「おれの末の妹の亭主なんだけどさ、こいつは猫さらいを商売にしてるんだよ」

「猫さらい！」

なんとも怪しげなやつが出てきたものである。

「ああ。もぐらって名前でさ。名前からして怪しいだろう？」

「怪しいですね」

本当にそんな名前があるのだろうか。おそらく綽名《あだな》を勘違いしているのだろう。

「そいで、夜になるとそこらに出て行っちゃあ、猫をさらってくるのさ。猫ってのは、奥州《おうしゅう》あたりに持って行くと、莫大な値で売れるらしいな」

「そうなので？」

「なんでも蚕《かいこ》を飼っているところじゃ、ネズミの害に頭を悩ませるらしい。それで、猫ってのはネズミを食うだろう。そのため、猫を持って行くと、争って買うらしいぜ」

「へえ」

「でも、おれはもぐらに言ったんだよ。おれの近所じゃやるなと。おめえの家の近くでやるのは知ったこっちゃねえ。だが、おれの家の周りじゃやめてもらいてえ。近所にみっともねえからな、と厳しく言ってたんだよ。ところが、聞きやしねえ。

昨夜も話し合いの途中でいなくなった。あれは、猫をさらうため、外に出て行ったのさ。それで、誰かに見咎《みとが》められ、そいつを殺したってわけ」

八百屋のあるじは嬉々《きき》として語った。下手すりゃ連座して咎めを受けるかもしれないのに、こうまで喜ぶ人もめずらしい。

「それはまた」

「早いとこ、お縄にしたほうがいいぜ。住まいを教えようか？」

「はい」

気が変わらないうちに教えてもらおう。

「築地川に軽子橋《かるこばし》って橋が架かっている。そのすぐたもとにいるよ」

ここからも遠くはない。

「ありがとうございます」

さっそくそのもぐらを訪ねることにした。

四

築地川というのはおそらく昔からの川ではなく、掘割だろう。いや、ここらはもともと海だったところを埋め立てたと聞いたことがある。だから、掘ったというよりも、水抜きのために通さざるを得なかった堀ではないだろうか。

軽子橋もすぐに見つかった。

ただ、たもとに町人の家らしきものがない。どちらの岸も武家地になっていて、海側にあるのは大名屋敷である。

「おかしいなあ」

口に出して言った。

まさか、橋の下には住んでいないよなと、のぞいてみたが、住めるような地面はない。

どうにもわからないので、武家屋敷の庭にいた奥方に声をかけた。

「あのう、つかぬことをうかがいますが」

「どうぞ」

と、笑みを浮かべた。根本進八のご新造《しんぞう》も愛想のいい人だが、ここの奥方も親しみやすい。

「ここらにもぐらという名の男は住んでいませんか？」

「もぐら？」

「はい。名前じゃなくて、綽名かもしれないのですが」

「もしかして、小網町三丁目の浅間神社の隣の八百屋で聞いてきた？」

「はい、そうですが」

「やあね、兄さんたら」

「兄さん？」

「わたしの兄なんです。うちの名字が小倉《おぐら》というんですが、陰じゃもぐら、もぐらって呼ぶんですよ」

「はあ？」

「わたしが、旗本の小倉に見初められ、こうしてお嫁に来たのですが、自分にはなにも余得がないと怒って、そういう嫌がらせばっかりするんです」

「そうだったので」

「もしかして、猫さらいとか言ってませんでした？」

「はあ」

どんな騒ぎになるかわからないので、迂闊《うかつ》なことは言えない。

「やっぱり言ったのね。ほんとにひどい。うちの人は猫好きで、そこらに捨てられた仔猫《こねこ》を拾ってきては、育ててやってるの。兄さんは猫嫌いだから、そういうことを言えるのね。うちは、猫さらいなんかじゃありませんよ」

「失礼しました」

何度もぺこぺこ謝りながら、喬太はこの場を逃げ出した。

「ひどいなあ、おやじさん」

八百屋にもどって来て、喬太はおやじに文句を言った。

「え、なにが？」

しらばくれたものである。

「なにがって、もぐらじゃないでしょ。小倉さまじゃないですか」

「そうだっけ？　えっへっへ」

まったく悪びれてもいない。

「妹さん、怒ってましたよ」

「あ、そう」

「そういう嘘をつくと、悪いが縛りますよ」

「いや、勘弁してくれ。ちょっとした冗談だよ」

おやじは青くなって家に引っ込んだ。

五

今度は反対側の店で訊いた。ここは、うなぎやどじょうを売りながら、調理して食べさせてもくれる。

「すみません。ちょっとうかがいたいんですが」

うなぎを割いていたおやじに声をかけた。

「なんだい？」

「昨夜、ここらで大きな集まりはなかったでしょうか？」

「うちであったよ」

「ここで？」

糠《ぬか》喜びするのはやめようと、喬太は自分に言い聞かせる。

「そこの神社の祭のことで、小網町の旦那衆が集まっていたんだよ。うちの二階が広間になっているので、上がってもらってね」

「何人くらい？」

「ざっと四十人てとこかな」

「じゃあ、履き物なんかもいっぱいでしたね」

「ああ、そうだね。かなりごちゃごちゃだったと思うよ」

「途中で、誰か飛び出したりしませんでしたか？」

「なんせずいぶんいたのでね、人の出入りはいちいち気にしてなかったよ。おれも、うなぎを焼くので精一杯だったからね」

店のあるじが言った。

「誰が来ていたかはわかりますか？」

「知ってる人はわかるけど、知らない人も多いからね」

「そういう会合なら、町役人も来ていたりするんじゃないですか？」

「ああ、花右衛門《はなえもん》さんが来ていたよ」

花右衛門は豆屋の旦那で、万二郎とも親しい。

花右衛門に訊くことにした。

「ああ、昨夜来ていた人ならぜんぶわかるよ」

と、豆屋の花右衛門はうなずいた。

「教えていただきたいんです」

「それはかまわないが、殺しの件でかい？」

「ええ、まあ」

「まさか下手人はいないと思うよ」

「下手人はいなくても、下手人を知っている人がいるかもしれないんです」

「ずいぶんいるよ。氏子で、商いをやっている人でね。小網町だけでなく、箱崎の一丁目まで入るから四十人ほどになる」

「書いたものとかありますか？」

「うん、ある」

と、見せてくれた。

片違いの雪駄の男はここにいるはずである。花右衛門にはいないと言ったが、もしかしたら殺しの下手人もいるかもしれない。

手形で確かめることにした。

四十人をぜんぶ回った。嫌な顔をされたりしたが、全員たしかめた。

だが、誰も手形が合う者はいなかった。

六

鉄砲源太は飯を食い終えて、舟で横になっていた。のんびりした暮らしだった。

これはこれでいいものだった。

人はなぜ、こういう暮らしで一生を終えることができないのだろう。どこで、面倒な人付き合いに巻き込まれ、慌ただしい日々に埋没してしまうのだろう。

だが、こんな暮らしはたぶん許されないのだ。どこにも属さない気ままな人生は、権力者にとっては敵でしかない。

釣りをしていれば、ここらの漁師がやって来て、舟から釣るのは漁師にしかできないだのと文句を言う。役人が見回りに来て、見つかればどこの誰だと問い詰める。そうやって、気ままな暮らしはつづけられなくなる。それがこの世というものなのだ。

ただ、乞食になって、のたれ死にぎりぎりの暮らしは許される。そのかわり、ちゃんとおさまって暮らしている者からは軽蔑される。

そういうものなのだ。この世というところは——。

「源太さんよ」

後ろから声がかかった。

「え？」

驚いて振り向くと、いつの間に来たのか、年寄り二人が立っていた。

見覚えがある。茅場河岸《かやばがし》のあたりにいた。

かなりの年寄りだが、よく見ると、剽悍《ひょうかん》さが漂っている。

源太は腰を浮かせた。いざとなれば、殴りつけ、舟で行方をくらますつもりである。

「おっと逃げなくてもいい」

二人は気安そうにわきに座った。

「もしかして、あんたたち、この前、助けてくれたかい？」

と、源太は訊いた。

「ああ」

「なんで、おれを？」

「おれたちの話をする前に、あんたのことを聞かせてもらいたい」

「おれのこと？」

「鉄砲源太の名は前から聞いていた。素晴らしい鉄砲をつくり、しかも撃つのも名人の技だ。由井正雪とも親しかった。だが、そんな源太もおとなしく市井の職人として暮らしていると聞いていた。それが、なんでまた、土御門慎斎といっしょにいたんだ？」

「騙されたんだ。昔の友だちから、由井正雪を裏切った男を見つけたので仇《かたき》を取ってくれと言われ、待ち合わせたら、あの大火だ。あれも、あいつらのしわざだった。おれもその仲間ということにされ、逃げるのもままならなくなっちまった。昔の友だちもいたしな」

「それからずいぶん経つだろう」

「三年も経っちまった。土御門も思うようにことが運べなかった。京、大坂にもあいつらを見張る者がいた」

「そりゃあ、いるさ」

と、和五助は笑い、

「京二郎《きょうじろう》たちだろうな」

そう言って笑った。

「知り合いなのか？」

「わしらと似たような役目を担ったのが、向こうにもいるのさ。数は少なくなったがな。ただ、最後はこっちでケリをつけることになる」

「どういうことだい？」

「ま、それはおいおい話すが、あんたはもう、ここにはいられねえ」

「え？」

「土御門の手下に見つかった。わしらが先に見つけておいてよかった。たぶん、水辺にいると思って、舟の上から捜し回っていたのだ」

「そうなので」

「今日の夜にはもう刺客がやって来るよ」

「なんてこった」

「わしらの砦《とりで》に入ってもらう。そこで連中を迎え撃つことになる」

「迎え撃つ？」

源太は目を見開いた。

すると、大柄な年寄りが小柄な年寄りに言った。

「兄い、このまま源太を連れてくだけじゃつまらねえよな」

「ああ。もちろん、一芝居打つさ」

小柄な年寄りはこともなげに言った。

七

喬太は、うなぎの店の二階に花右衛門に来てもらい、もう一度、詳しい話を聞かせてもらった。

「神社で殺しがあったことを知ったのは、いつごろでした？」

「それは祭の話し合いが終わり、飯を食い、軽く飲んでから、外に出たときだよ。ここにいるときは、誰もそんなことは言ってなかったよ」

「そうですか」

やはりおかしい。

いちおうこのあたりで昨夜、人の集まりがあったところを訊いて回ったが、ここと八百屋だけだった。

「出るとき、雪駄が片違いだと騒ぐ人もいなかったですよね？」

「ああ、なかったね」

片違いの雪駄の男は、ちゃんとここにもどっているのだ。

ふつうなら、「そこで人殺しがあった」くらいの話はするだろう。だが、男は何も言わなかった。それはやはり、なにか殺しと関わっていたからではないか。

「途中で帰ってしまった人は？」

「いなかったね」

「どうしてです？」

「話し合いが終わるまで、うなぎと酒は出さないことになっていたからな。皆、うなぎを食べたいから、多少退屈でも、じいっとしていたんだよ」

「話し合いの中身はどんなものだったんです？」

喬太は訊いた。

「ここの神輿《みこし》は、深川のほうから舟で渡ってくるんだよ」

「ああ、そうでしたね」

子どものころからずっと見て来た。人がかつぐ神輿ほどにぎやかではないが、なかなか勇壮なものである。

「その神輿の舟のわきに付き添うように、もう一艘《そう》の舟がお供をする。それはいつも、山車《だし》のような役目をするほど、派手なものなのさ」

「たしかに」

「その意匠は、毎年、ここらの店が競い合って決めていたんだ」

「そうだったんですか」

「それで、昨夜は一人ずつ意匠の案を持ち寄り、どれがいいか、自慢し合っていたのさ。なにせ、その意匠を担当すると、いろいろ余得があるのでね」

「なんの余得ですか？」

「祭の会合はその店でやるし、縁起物をつくったり売ったりもそこにまかされる。このうなぎ屋も、去年、その山車舟の案が選ばれていたのさ」

「そうだったんですか。それで、決まったんですか？」

「いや、昨夜は案を自慢するだけだった。それでそれぞれよく考え、十日後に決を取ることになっているんだよ」

「そうでしたか」

どんな案が出たかは、それぞれが覚え書きをつくっているはずだという。

花右衛門の覚え書きも見せてもらった。

「尾張屋《おわりや》さんは巨大な虎か。そこのろうそく屋さんは巨大なろうそくだ。これは、昼間なら目立たないでしょう」

「ふふふ、そうだな」

「花右衛門さんは大凧《おおだこ》の山車舟ですか」

「もしかしたら、これで決まるかもしれないよ」

花右衛門は嬉しそうに言った。

「これってなんですか?」

喬太はあとのほうの一文を指差した。

「どれどれ、山からキリン?　ああ、これは饅頭屋さんの案だね」

「どういう案なんです?」

「なんだっけな。そうだ、舟が渡ってくるあいだに、山のようなものが次第にキリンに変わっていくんだそうだよ」

「どうやって?」

「どうやるんだろうな。饅頭屋さんの説明がわかりにくかったから。キリンてなんだいって訊いても、見ればわかるの一点張りでさ」

「見ればわかる?」

喬太の頭の中が小さな音を立てたような気がした。

もしかして、それをやってみせるつもりだったのではないか。

粘土からたちまちキリンをつくってみせる。本番では、それが大きくなるだけのことだろう。

たしかに、舟に粘土が積んであり、それが徐々に見たこともない大きな生きものに変身していったら、子どもだけでなく、大人までもが大喜びする。

「面白いじゃないですか」

「でも、饅頭屋は降りたんだぜ」

「降りたんですか？」

「ああ。今年は諦《あきら》めることにしたんだと」

諦めたのは、仲間の悪事を知ったからではないか。

「ここから神社の境内は見えますか？」

うなぎ屋のおやじに訊いた。

「部屋からは見えないが、廊下を突き当たりまで行き、正面の窓を開けてみな」

言われたように廊下の突き当たりに行き、窓の障子戸を開けた。

「あ」

神社の本殿の裏がよく見えている。

饅頭屋は、そこに死んだ男と下手人を待たせておき、自分の番が来たら店に呼んで、じっさいにやってみせるつもりだったのだろう。

「あい、すみませんでした」

万二郎と喬太を前にして、饅頭屋の太兵衛《たへえ》は土間に手をついて頭を下げた。

「殺した野郎を知ってるんだな」

と、万二郎が言った。

「ええ。深川で玩具《おもちゃ》屋をしている松蔵《まつぞう》って男で、もし、今度の話がわたしの案に決まれば、わたしのところでキリン饅頭を売り、あいつのところのキリンの張り子を縁起物にして、ここらで売ろうということになっていたのです」

「それがなんで？」

「松蔵が銀助《ぎんすけ》という人形づくりの職人を連れてきて、あそこの集まりで簡単にやってみせることにしていたんです。ところが、いざという段になって、銀助が舟の中でキリンをつくるというのは大変だから、賃金を五両くらいにしてくれと、ふざけたことを言い出したそうです。こんなときになって、何を言うんだと喧嘩《けんか》になり、向こうが粘土を顔に押しつけてきたものだから、逆にそれを取り上げ、揉《も》めているうち、銀助が頭をぶつけ、あんなことになっちまったみたいです」

「おめえは、銀助と松蔵を呼ぶため、まずは神社の境内をのぞいたんだな？」

「そうです。あんまり遅いから、うなぎ屋の窓から何してるのかともう一度のぞいてみました。すると、なんだか番屋の提灯まで来ていたので、慌てて行ってみたんです。すでに銀助は殺され、親分たちが面を剝いだのを見てからこっちにもどって来ました」

「そのあと、松蔵に確かめなかったのかい?」

「そのあと、松蔵の店に行ったんです。早く名乗り出たほうがいいって。でも、すっかり怯えてしまっていて、名乗り出てもどうせ獄門首だ、あんたさえ黙っていてくれたら助かるかもしれない、頼むと頭を下げられまして」

「あいにくだったな」

万二郎はそう言って、

「八十吉、丑松、喬太。松蔵を引っ立てに行くぜ」

肩で風を切るように歩き出した。

八

だぁーん。

という鉄砲の音がした。

洲崎の浜辺の舟の中にいた男が、いきなりひっくり返った。

「やったか」

駆け寄ったのは、土御門慎斎たちだった。五人ほど来ていた。

「いないぞ」

「頭を撃ったのに?」

「血が流れているな」

源太を撃ったつもりがいなくなってしまった。

血痕《けっこん》は、葭のしげみのほうにつづいている。

「くそっ。逃げられた」

「だが、遠くへは行けないだろう」

慎斎は舟の中に紙が落ちているのを見つけた。

さっき、源太はなにかを読んでいるみたいだったが、これだったのだろう。

それは書状だった。

　土御門の仲間から足を洗いたいなら、わしらの助けをすればいい。

われら、後藤又兵衛《ごとうまたべえ》さまの家来。

そう遠からず、九州から来る者たちとともに、ことを起こす。

資金は山ほどある。手を借りたい。

万年橋の近くにある小屋を訪ねて来い。


「なるほど見えてきましたね」

　と、慎斎は言った。

「なにがです？」

「後藤又兵衛の家来どもが機を窺《うかが》っているという話は聞いていました」

「どれくらいいるんです？」

「数はだいぶ少なくなったらしいが、金を持っているのです。十万両といいます」

「十万両の噂は、この連中の金のことですか」

「そうでしょう」

「では、万年橋の近くに？」

「ええ。場所もそのへんだとは言われていました。面白いことになりましたね。源太があいつらの味方をすれば、ちょっと厄介かもしれないが」

「いえ、怪我してますから、鉄砲だってまともに撃てるかどうか」

「ふふふ。ひさしぶりに、ちょっとした小戦《こいくさ》をやることになるでしょうね」

土御門慎斎は嬉しそうに笑った。

第三話　犬の殉死

「これはなんなのだ？」

「気味が悪い」

「悪戯にしちゃ手が込んでるし」

「だいいち笑えねえよ」

怯えた声が野次馬たちのあいだから洩《も》れていた。

大川は霊岸島にぶつかって二手に分かれるが、その浜町側の武家屋敷が並ぶあたりである。

静かで落ち着いた町並と言っていい。そこに異様なものが現われた。

大川の縁からその藩邸の門前まで、無数の草鞋《わらじ》が列をつくっていたのである。いずれも長旅の果てにすり切れたような草鞋で、それがずらぁーっと、虫かなにかの行列みたいにつづいているのだ。

数が多い。百を超えるだろう。人の数でいえば、六、七十人分といったところか。それが川から上がってきて、途中で裸足《はだし》になりながらまるでこの大名屋敷の中に消えていったかのようであった。

いや、もしかしたら、大名屋敷の中にまで、行列はつづいているのかもしれない。

「おい、あの草鞋、動いてねえよな」

「さっきは動いていたって話だぜ」

「それじゃ化け物だろうが」

野次馬たちは遠巻きに眺めている。

雨がしとしと降る朝で、陽は上ってもどんよりと暗い。草鞋は水をふくんで重たげだが、たしかにのそのそと動き出しそうな、怪しげな気配もある。

道の上には、塀の中の樹木が枝を張り出してきている。すでに色づき始めている枝もあるが、その合い間には鴉《からす》がいっぱいとまっていて、ぎゃあぎゃあと、かまびすしい。

門番が気づいたのは、野次馬の数が三、四十人ほどになってからだった。通りががやがやしているので、なにごとかと顔を出したらしい。

「なんだ、これは？」

最初に草鞋の列を見て驚き、次に、

「お前らがやったのか？」

と、野次馬たちに偉そうに訊いた。

「冗談言うねえ」

「こんな気味の悪いことするもんか」

「こちらのお屋敷を訪ねて来たんじゃないのかい？　あの世の人たちが」

野次馬たちは言い返した。

「まったく、なんてことしやがる」

門番はそう言って、一度引っ込んだ。

この始末をいったいどうしたものか、屋敷の用人にでも訊きに行ったのだろう。

やがて、用人らしき五十くらいの武士と、若い武士が三人、門の外に出て来て、このようすを確かめた。

「なんだ、これは？」

用人は顔をしかめ、

「早く片づけよ。集めて焼いてしまえ」

若い武士たちと門番に命じた。

「ははっ」

若い武士たちと門番は、中から竹のカゴを持ってくると、気味悪そうに草鞋を指でつまみ、カゴの中に入れていった。

「焼けってさ」

「焼けるまで三日は乾かしておかねえとな」

野次馬たちはそんなことを語り合った。

だが、野次馬たちに、若い武士たちの囁《ささや》く言葉は聞こえていない。

「おい、まさか、あいつらではないだろうな？」

「出たのか？」

「その話は、やめろ」

若い武士たちは、小声でそんな話をしたのである。

濡れた草鞋を片づけ終わるころには、野次馬たちばかりか、頭上の鴉もいなくなっていた。

一

小網町の裏手にある堀沿いの道を、喬太が急ぎ足でやって来ると、数人の人だかりがあった。足元には、犬の死骸が横たえられていた。

「どうしたんですか?」

顔見知りの小網町の住人に声をかけた。二丁目の饅頭屋のおやじである。

「おう、万二郎親分のところの若い衆か。この犬は、太田《おおた》さまの飼い犬だよな」

「ああ、そうかもしれないですね」

小柄な赤犬で、尻尾の先がすこし黒っぽい。見覚えがある。

太田さまというのは、小網町の裏手に二千坪ほどの屋敷を持つ旗本で、つい何日か前に亡くなった先代は孫右衛門《まごえもん》といった。当代も同じ名を継ぐはずである。

「ご隠居さまが亡くなって、今度は犬が後を追ったみたいだ」

「なんてこと」

そばにいた近所のおかみさんが、たもとで目を押さえた。

太田家の隠居が亡くなったという話は、このあたりの住人なら皆、知っているはずである。大きな葬儀になって、万二郎もお通夜に顔を出していた。なんでも亡くなる前は、すこし惚《ぼ》けてきていたという噂もあったらしい。

ご隠居は、よくこのあたりを、犬を連れて歩いていた。

気さくな人柄で、喬太も何度か声をかけられた。歳は和五助とそう変わりなかったのではないか。小柄なのは和五助と同じだったが、肩のあたりは盛り上がり、ガニ股《また》で歩くようすは、重々しさも感じさせた。

「殉死だよ。立派なもんだな」

と、饅頭屋のおやじが言った。

「殉死？　それは、どういうことですか？」

喬太は訊いた。殉死の意味は知っている。

あるじが亡くなると、家来が後を追って死ぬ。もちろん町人たちはそんなことはしない。お殿さまが亡くなると、武士はそういうことをすると初めて聞いたときは、びっくり仰天したものだった。

だが、犬の殉死とはどういうことなのか。

「川に飛び込んだのさ。犬は腹を斬《き》りたくても斬れないから、そうやって死んだんじゃねえのか」

「そんな馬鹿な」

とても信じられない。

だが、喬太は急いでいたので、いったん親分の家に向かった。

喬太は、馬喰町《ばくろちょう》を縄張りにする岡っ引きの、盛吉《せいきち》親分の家に遣いで行って来たのだった。

このところ、両国のヤクザと、日本橋のヤクザのあいだがきな臭くなっていた。奉行所からも「喧嘩沙汰《ざた》を起こさせるな」と、きつい達しが出ていて、地元の岡っ引きたちが総出で仲裁に動いている。喬太も韋駄天《いだてん》ぶりを買われ、この数日は連絡のため駆けまわっていた。

「両国の賭場《とば》は、盛吉親分が力ずくで閉じさせたそうです。それと、組でいちばん気の荒いやつを、別の罪でお縄にしました」

「そうか。盛吉っつぁんもやるなあ」

　万二郎は感心した。

　だが、そういう万二郎も、昨夜は日本橋界隈に縄張りを持つヤクザの親分の頰を二つほど張り、「騒ぎを起こしたら、今度こそ島送りだからな」と、脅しつけている。

「これでどうにか落ち着くだろうと、盛吉親分がおっしゃってました」

「よし。おめえも朝から駆けまわって大変だったな。まあ、一休みして、饅頭でも食え」

「いえ。いま、ちょっとそこで気がかりなことがあったもので」

「なんだ、気がかりって?」

「いえ、犬がちょっと」

「犬が?」

「いや、えっへっへ」

　笑いながら玄関を出た。万二郎に報告するほどの話ではない。

二

さっきのところにもどって来ると、短い着物に半纏《はんてん》を羽織った男が加わっていた。

太田家の小者を呼んで来たらしい。

「溺《おぼ》れ死に？　そうか。殉死？　ああ、そうかもしれねえな。ご隠居さまが亡くなって、すっかりふさいじまってたから」

小者は同情あふれる口調で言った。

「この犬、屋敷から、どうやって出てきたんですか？」

と、喬太が訊いた。

「裏口の戸の下が、犬ならくぐれるくらい開いているんだよ」

「ああ」

「ご隠居さまがまだどこかにいるんじゃないかと、捜しに来たのかもしれねえな」

小者がそう言うと、さっきも泣いていた近所のおかみさんが、今度は、

「うぉーい」

と、声を上げて泣いた。

「おい、そんなに泣くなよ」

「犬ってのは、けなげな生きものでさ。だから、あたしは犬を飼いたくないんだよ。こんなになったとき、たまらないからね。その点、猫はいいよ。飼い主が死のうが、怪我しようが、澄ましたもんだから」

　場違いな犬猫談義を始めそうになったので、

「ご隠居さまの墓のわきに穴掘って、埋めてきてやるよ」

と、小者は言った。

「墓は近いのかい？」

「深川の相源寺《そうげんじ》だよ」

川を渡ってすぐのところである。

「ああ、それがいいよ。いまごろはまた、いっしょに歩いているよ」

小者は筵に犬の死骸を包もうとした。

　――ん？

喬太は目を瞠《みは》った。目と耳のあいだに傷のようなものがあるのが見えた。

「ちょっと待ってください」

かがみ込んで、傷のところに手を当てた。人の遺体にはこんなことはできない気がするのに、犬だとできる。全身を覆った毛のおかげで、死というものが生々しく感じられないからだろうか。

「これって殴られた痕《あと》じゃないですか？」

「え？」

周りにいた者たちが皆、腰をかがめて喬太が指差したあたりを見た。

「ほら、ちょっと凹《へこ》んでるでしょう」

「あ、ほんとだ」

泣いていたおかみさんがうなずいた。

「でも、おれが岸に上げたとき、水を吐いたぜ」

助け上げたという人が言った。

「いや、やっぱり変ですよ。だいたい犬は泳げますよ。身投げなんかするわけないでしょう」

「そうかもしれねえが、吠《ほ》えながら川に飛び込むのを見たのがいるんだからな」

と、その人は堀の反対側にある飴屋《あめや》の店先を指差した。

「あたしはここで見ていたんだよ。すると、あの犬が吠えながら走って来て、川の中に飛んだんだよ」

と、飴屋の婆さんは言った。

湯呑みが膝《ひざ》の前に置いてある。いつもこうして湯を飲みながら、店番がてら外の通りを眺めつづけているのだろう。

「それで溺れたところを見たんですか？」

「あたしは、ほれ、足が弱くなってるんで、すぐに駆けつけるってわけにはいかなかったよ。でも、川の縁まで見に行ったときは、犬は溺れて、浮かんじまっていたね」

足をさすりながら言った。

そこで近所の人を呼び、助け上げてもらったが、もう死んでいたというわけである。

「賢い犬だったんだよ、あの犬は。一度、ご隠居さまが向こうのほうで足をくじいて歩けなくなったとき、あの犬は屋敷まで報せに来たんだから」

「へえ」

「それくらいだもの。ご隠居さまの後を追って死んだのさ。あたしゃ嘘は言わないよ」

婆さんは断固たる口調で言った。

三

土御門慎斎は船の中にいた。

船は一見するに、優雅な屋形船である。だが、方々に戸板のようなものが嵌《は》められるようになっていて、それらをすべて嵌め込んだとき、屋形船は軍船《いくさぶね》へと変わる。江戸でことを起こすときに備えて、準備してあったものである。

この船の障子戸の陰にひそんで、慎斎は和五助の家を見張っていた。

「源太らしき男は見えませんね」

慎斎はわきにいた弥蔵《やぞう》に言った。

「死んだのでは？」

銃を撃った弥蔵が言った。できれば生きていてもらいたい。そして、真っ向から撃ち合って、勝敗をつけたい。

この数年、源太と勝負をしてみたい一心だった。鉄砲源太と撃ち合って勝ったとなれば、その名は天下に知れ渡る。

「どうでしょう」

「出入りしているのは、いまのところあの爺いだけですよね」

弥蔵は、川べりで草刈りをしている和五助を指差した。

「そうですね。だが、あの爺いは油断できませんよ」

「あれが？」

「身のこなし、目つき、どう見たって、一流の武芸者です。昔はあの手の年寄りがいくらもいました。ああいう年寄りは、たとえ若いときより体力が衰えていても武器は使えます。しかも、なにをするかわからない。本物の智慧《ちえ》というのがあるのです」

「はあ」

「戦乱が途絶え、年寄りはおのれを鍛えることも忘れて、だらしないやつらばかりになった。もっとも幕府はそのほうがありがたい。それでおのが体制を守るため、儒教などと抜かし、敬老などと言い出した。たいした智慧も貯《たくわ》えて来ず、日々、だらだらと生きている者を誰が敬うものですか。必死に長く生きつづけているからこそ敬うのではないですか」

「たしかに」

「あの家だってただの家ではない。あれは砦でしょう」

「砦?」

「ええ、戦でも起きたときは、あそこに二、三十人は立て籠《こも》ることができる。鉄砲隊でも置かれてごらんなさい。なかなか落とすことはできませんよ」

「なるほど」

「ここは、江戸城からすると、青竜の方角に当たる」

「せいりゅう?」

「知りませんか? 唐土《もろこし》の伝説に四神《しじん》というのがいる。東西南北をつかさどる霊獣のことです。東が青竜、西が白虎《びゃっこ》、南が朱雀《しゅじゃく》、北は玄武《げんぶ》という。江戸城からすると、ここは青竜の砦として、じつに絶妙なところにあるのですよ」

「だが、あいつらは後藤又兵衛の家来なのでしょう？」

「そうでしょうね。だが、守るにふさわしい場所を攻める側が取ってしまえば、今度は絶妙の橋頭堡《きょうとうほ》になる」

「なるほど」

「あの爺いが築いたとしたら、たいした策士ですね」

「へえ」

「しかも、わたしたちに対して戦の準備をしている」

「あれがですか？」

「周囲の萱《かや》を刈り払っているでしょう。あれで、俄然《がぜん》、見晴らしがよくなった。川のほうから這い上がって行こうとしても、向こうからは丸見えになります」

「たしかに」

「しかも、刈り方をご覧なさい。切り口が斜めになるように切っている。あれじゃ逆茂木《さかもぎ》といっしょだ。痛くて突進できませんよ」

「なんてやつだ」

「攻めるにしても、もっとじっくりあの爺いと家を探ってからですね。十万両があそこにあるかどうかもわからぬし」

「十万両の話は本当なのでしょうか？」

「それは本当らしい。由井正雪も知っていたし、その目で確かめたとも聞いている。後藤又兵衛の家臣がいまだに江戸城を狙っているというのも、昔から言われてきました」

「そうでしたか」

「あるいは、あの爺いと手を結ぶこともありうるかもしれませんね」

「なんと」

「しかも十万両などという額は、貧乏貴族が寄り集まってもつくれない。王政復古にとって、重大な資金になりうる」

「それはそうでしょう」

「あの爺いだったら、大火以上のことがやれるかもしれません。後藤又兵衛という武将は、真田《さなだ》幸村《ゆきむら》とともに家康の心胆を寒からしめたと聞いている。ああいうやつがそばにいたからでしょう」

「では、源太はどうするので？」

弥蔵は不満げな顔をした。

「源太ですか」

「ええ。おれはもう、あいつといっしょに仕事はできませんよ」

「安心なさい。源太には死んでもらう。あの男は、わたしたちと目的をともにするものではありません」

土御門慎斎がきっぱりそう言うと、弥蔵も安心したようだった。


一方――。

見張られていることに、和五助はもちろん気づいている。

気づいているどころか、その土御門たちを貫作に見張らせていた。貫作はこの家に出入りしていない。

報せは鳩が運んでくる。

鳩を使うなどという方法は、この当時の日本では和五助たちしか知らない。だから和五助の家の小屋に、鳩が頻繁に出入りしているのを誰かが見ても、まさか伝言をやりとりしているなどとは、毛ほども思わない。

鳩が来た。

小屋の中に入れる際に、和五助は足に結んである紙をほどいて広げた。

「やつらは船を使っている。三丁櫓《さんちょうろ》の屋形船で、軍船にも使えそうなやつだ。長助《ちょうすけ》丸《まる》という名前が入っている。乗っているのは、七人。あれをわきにとめられて攻めて来られると、ちっと厄介かもしれぬ。夜は中洲に係留しているので、こっちから攻めても面白い」

長助丸の存在には和五助も気づいていた。ほかの屋形船は、あんなに小名木川のほうに寄って来ることはない。

七人も乗っているというのは、ここから見ている限りではわからない。

こっちから夜襲をかけるという貫作の案は、本当に面白い。大店のあるじ然としていても、あいつの気持ちはまだまだ戦場の忍びの者なのだ。

ただ、いまの自分たちの体力だと、七人全員を制圧するには一晩中かかってしまいそうだ。

そのあいだに、こっちの家を奪われたりしたら、たいへんなことになる。

「もう二十年前ならやったが、いまは無理だな」

と、返事をした。

それから一刻（約二時間）ほどして、次の報せが来た。

「陸から見張っているのは五人。おれがこれまで見たのは、ぜんぶで十二人。源太に確かめてみてくれ」

和五助はすぐ源太に訊いて、

「一味は、源太が抜けたので十四人だそうだ。あと二人、どこかにいるはずだ。たぶん坊主と山伏の姿になっているとのこと」

また貫作から来た。

「見つけた。坊主と山伏。こいつらは腕も立ちそうだ。陸の連中は、家を借りている。万年橋のちっと上流にある長屋を二間。ここで飯を炊いて、船に届けている。変なものを食わせておくかい」

和五助は笑い、すぐに返事の鳩を出した。

「そりゃあ面白い。毒草を使おう。菜っ葉で持っていくと、見破るやつもいるかもしれねえ。煮詰めて海苔《のり》にひたし、乾いたやつを納豆とまぜることにしよう。それはわしがつくっておくよ」

攻めてくる前に食わせておけば、半減とまではいかなくても、敵の勢いを相当削《そ》ぐことはできそうだった。

——あと三日……。

攻めて来る日を、和五助はそう踏んでいた。

土御門一味はなかなか慎重である。これまででいちばん手強《てごわ》い相手になるかもしれなかった。

四

朝——。

喬太は万二郎の家を出ると、小網町を一丁目から三丁目までゆっくりと歩いた。

よく晴れて、川風が心地いい。水辺の町。ここらは本当に気持ちがいい。喬太はこの町で生まれ育ったのだが、つくづくそう思う。

昨夜、両国と日本橋のヤクザの親分同士が手打ちをした。奉行所の同心たちも立ち会ったので、これ以上、こじれることはないだろうとのことだった。喬太も伝言のため駆けまわるのに忙しかったが、すこし余裕ができた。

「暇ができたら、町中をくまなく歩きまわって、ちっとでも顔なじみになるこった」

万二郎からそう言われた。

日本橋の東側界隈が万二郎の縄張りになっている。小網町一丁目から三丁目がもともとの縄張りだが、これに小舟町と堀江町が加わり、近ごろは魚河岸の面倒ごとなども持ち込まれたりする。万二郎親分は、町の人たちからかなり信頼されてきているのだ。

「小網町の万二郎親分のところの者……」

と、声をかけると、町の人たちの多くは親切に応対してくれる。ヤクザまがいの岡っ引きも多く、こんなふうに信頼される親分は、かなりめずらしいそうだ。

外に出たが、喬太はどうしても太田さまのご隠居のことが気になり、足は自然にそちらへ向いてしまう。

小網町三丁目を通り抜け、崩橋の手前を左に曲がろうとしたとき、

「喬太さん」

　若い娘の声で呼ばれた。

「ん？」

　振り向くと、和五助の孫娘のおしのだった。和五助もいっしょである。

　おしのはいつもよりおしゃれをしている。赤い帯が鮮やかで、景色に花が咲いたみたいである。

「めずらしいですね。二人いっしょだなんて」

　おしのが気になるのに、和五助のほうを見ながら言った。

「おしのがちょうど渡し船を待っているところだったのですよ」

「また、庭を一つ頼まれたの。日本橋の大店の女将《おかみ》さんの隠居家なのよ。五十坪くらいの庭なんだけど、いつも花が咲いている庭にしてくれって」

　おしのは嬉しそうに言った。

「冬でも？」

「そう。冬だって、山茶花《さざんか》も咲くし、冬椿《ふゆつばき》もあるし、南天の実は花にも負けないくらいきれいだし」

「へえ、花の絶えない庭ってつくれるのか」

喬太は感心した。それをつくろうというおしのも、素晴らしいと思う。

「喬太さんも面白い話はないの？　じっちゃんが喜びそうな」

「じつは犬の殉死の件が」

「犬の殉死！」

おしのと和五助は顔を見合わせた。

「殉死ねえ。ずいぶん流行りましたからね」

和五助が困ったように言った。

「流行ったのですか」

「世の中が落ち着いたら、かえって増えたのではないでしょうか。戦がつづいたころは、あんなものはありませんでしたよ」

「へえ」

「伊達《だて》政宗《まさむね》や島津《しまづ》義弘《よしひろ》が死んだときは、家臣がずいぶん殉死したみたいですね。家光公のときも幕臣が何人か後を追いましたでしょう」

「そうですか」

「もっとも、殉死しているのは、たいがい稚児《ちご》だった者のようですよ。かつて可愛がられたため、あるじと一心同体のように思ってしまうのかもしれません。わたしなどは、家康公から頼まれごとがあったこともあるが、そんなことは露ほども考えなかった。家康公が亡くなったときも、殉死などした者は一人もいませんしね」

「一人もですか」

「ええ。大御所さまがそんなことを喜ぶはずがないのがわかっていたからですよ。それをあんなことが流行って、くだらぬ世の中になったものです。殉死など止めなければいけません」

くだらぬとまで言った。

和五助がそんなきついことを言うのはめずらしいのではないか。

「それで犬が殉死したとかいうのも、どこかの大名ですか？」

「いえ、すぐそこの太田さまという家です」

「太田さま？」

「二千石のお旗本で」

「ああ、太田孫右衛門でしょう。あれ？　屋敷はこのあたりでしたか？」

「太田さまをご存じだったんですか？」

「ええ。同じ部隊になったことはありませんが、家康公の直属で、弓隊を率いていたのではないですか。あの当時、若いがなかなかやるとは聞いてましたよ」

「弓隊？」

「ええ。あの当時、鉄砲隊ばかり活躍したみたいに思われていますが、戦のときはずっと弓も使われていたのですよ。わたしも、音がしないので、ずいぶん使ってました」

「和五助さんとは同じ歳くらいですか？」

「そうですね。わたしのほうが二つ三つ上かもしれません。そうですか、太田孫右衛門が生きてましたか。五十年ぶりに、一度、挨拶もしたかったですね」

　よく、このあたりを歩いていたので、もしかしたらすれ違うようなこともあったのではないか。

　だが、五十年も会っていなかったら、お互い気がつかなかっただろう。

「犬というのは賢くて、人が信じられないような智慧を持っていたりします。でも、太田孫右衛門の飼い犬なら、殉死なんてしないでしょう」

と、和五助は笑った。

「そういえばあのご隠居さまと立ち話をしたとき、犬は友だちのようだとおっしゃってました」

「ああ、そうですね。いい友だちですよ」

和五助は我が意を得たりとばかりうなずいた。

犬が人の気持ちをどこまでわかるかは喬太にはわからないが、たしかに殉死なんてするわけがないと思った。まして、飛び込みなど。

話が一段落したところで、

「じっちゃん。太田さまの庭はいい庭らしいよ」

と、おしのが言った。

「なんだ、おしの、知ってるのか？」

「直《じか》には知らない。でも、あたしの植木のお師匠が庭の木のことで入ったことがあるらしいんだよ。気取ってなくて、野山の美しさをそのまま持って来たみたいなんだって」

「ほう」

「それで、あたしも見てみたいなあって思ってたんだ」

「なんだ。それならじっちゃんに言え」

「え、頼めるの？」

「金庫の中を見せてもらうのは大変だけど、庭を見せてもらうくらいはな。どれ、声をかけてみるか。どこです、屋敷は？」

和五助はさっそく行こうとする。

「ちょっと、待って、じっちゃん。あたし、もう、お客さんのところに行かなければならないよ。ゆっくり見られないから」

「じゃあ、明日でも明後日《あさって》でも決めたらいいさ」

和五助は門の前に立ち、わきの格子窓をのぞくようにして中の門番に声をかけた。

喬太とおしのは、すこし離れて、和五助の話に耳を傾けた。

「あんたは、この屋敷に仕えているのかい？」

「ああ、そうだよ。あんた、誰だい？」

「わたしは和五助といってね、大久保《おおくぼ》さまのところの八郎兵衛《はちろべえ》の、なんというか師匠というのもなんなんだが」

「八郎兵衛さんの師匠の和五助？　あ、聞いてるよ。和五助さんが加わった戦に負け戦はなかったって」

「いや、そんなのは八郎兵衛のつくり話さ。負け戦ばかりで、身体は傷だらけだよ」

「万年橋のたもとに住んでいると聞いたけど」

「うん、そうそう」

「そりゃあ、どうも。あ、あんたが和五助さんですかい。それで、なにか御用でも？」

　中の男の口調が急に丁寧になっている。

「じつは、こちらの庭がきれいなことで有名らしいんだよ。それで、わたしの孫娘がそういう仕事をしていてね。一度、見させてもらえないかと言っているんだよ」

「あ、そう。そんなことならかまいませんよ」

「ご主人の許しは？」

「主人に断わったりすると、挨拶とか面倒になるでしょう。出入りの庭師みたいなことで入ってもらっちゃったほうがいい。さあ、どうぞ、どうぞ」

「いや、今日はちょっと急ぎの用があっていまから行かないといけないんだ。おい、おしの。ご挨拶しな」

　おしのは和五助に呼ばれ、挨拶をした。いつでも好きなときに声をかけてくれればいいという話になったのだ。

「ところで、こちらの孫右衛門さんはご病気だったのかい？」

　和五助が訊いた。

「そうじゃねえ。お元気だったんだけど、転落しちまってね」

「転落？　このあたりに転落するような崖《がけ》なんかないだろ？」

「それが、ここの庭に築山《つきやま》がつくられていて、けっこうな高さなんですよ。落ちて、頭を打っちまってね」

「そうだったのかい」

　転落するほどの築山とは、どんな築山なのだろう。

「おいらも見せてもらえませんか、その築山を」

　喬太は和五助とおしのに頼んだ。

　すると、和五助はすぐに、

「この若者も頼むよ。わたしの年若の友だちでさ」

と、声をかけてくれた。

「ああ、いいよ」

話がつき、和五助は歩き出した。

「凄いですね、和五助さん」

「なあに。旗本の中間《ちゅうげん》なんてのは、けっこうつながりがありましてね。それの顔役みたいな男は、昔、わたしの下で動いていたんですよ」

「動いて？」

「うん、まあ、それはいろいろね。それで、中間の手助けがいるときは、いつでも言ってくれなどと言われていたので、つい名前を出しちまいました」

「じっちゃん、顔が広いからね」

おしのが感心して言った。

小網町のはずれまで来て、三人はここで別れた。

五

喬太は堀の縁に腰をかけて、考えにふけっている。

この堀は、名前なんかないと思っていたが、ここらの人に訊いたら、土井堀とか稲荷堀とか呼ばれているらしい。

小舟がぎりぎりすれ違えるくらいの小さな堀だが、この一帯をぐるりと回《めぐ》っていて、町人地の一角も通ったりする。そのため、たまに小舟が行き来していた。

大川の満ち引き分があるので、けっして浅くはない。浅い堀だと、満潮のとき水が上がってきてしまう。

いまは引いているが、犬が飛び込んだころはかなり深かったかもしれない。

犬は吠えながら駆けて来て、ぽぉーんと飛んだという。もしかして、ちょうど舟が通ったか、あるいは着いたか出るかしたところで、その舟に向けて飛んだってことはないだろうか。

その舟には嫌なやつが乗っていたので、犬は飛びかかり、嚙《か》みついた。

だが、殴られ、川に沈められた……。

あの傷からすると、考えられなくもない。

――なぜ、犬は飛びかかったのだろう？

殉死でないとしたら、あるじの仇討《あだう》ち？

こっちのほうが、殉死なんかよりずっとありうるだろう。

だが、あるじは自分の庭での転落死で、殺されたわけではない。

あの犬が飛び込んだあたりには、舟をとめ、岸に上がるための小さな階段がつくられている。

ここに舟を着けるのは、たぶん前に門がある大名屋敷の者だけだろう。

いまも小舟が一艘、係留されている。船頭はいない。

しばらく見ていると、屋敷の門が開き、武士が一人出て来て、堀の階段を下りた。

まだ若く、背はそう高くないが、体格がいい。

「あのう」

喬太は声をかけた。

「その舟は、こちらのお屋敷の舟ですか？」

「ん？」

武士は喬太をじいっと見た。鋭く冷たい視線である。

答えないつもりかと思ったが、

「なぜ、そんなことを訊く？」

と、逆に訊いてきた。

「はい。おいらは町方の者なんですが、犬が溺れましてね」

「犬が？　それがどうした？」

武士の目がすこし泳いだ。

「いえ、この界隈の妙なことは、いちおうなんだって調べてみるのが、おいらのような駆け出しの仕事でして」

「くだらぬな」

武士は吐き捨てるように言った。ひどく居丈高な態度である。

「はあ、くだらないですか」

「たかが犬ごときのことで」

「そうなんですが、犬ってのは賢い生きもので、おいらたちが気がつかねえようなことも、いろいろ教えてくれるんですよ」

喬太は引き下がろうとしない。自分でもこんな態度はめずらしい気がする。

「どこの下っぱだ？」

「え？」

「岡っ引きのそのまた下だろうよ。親分は誰だ？」

「小網町の万二郎親分です」

「万二郎とやらに言っておけ。大名家にちょっかい出したりしたら、つぶすぞと」

「ちょっかいなんて……」

犬のことを訊いただけではないか。

武士はなにも言わず、舟を漕いで大川のほうへ出て行った。結局、舟が誰の物かも、なにも答えていなかった。

六

和五助がろうそくと菜種油を買って、大川を渡ってもどって来た。すると、家の前に誰かいるのが見えた。

——え？

昼間襲ってくることはぜったいにない。さらに、ここを襲うには、もっと調べてからだろう。和五助の家は、見る人が見れば、相当手強い砦になっているのだ。

そう踏んでいたから、出かけてきた。

優美な薄紫の着物。袴《はかま》は渋茶色。洒落《しゃれ》たなりである。

長い総髪を後ろで束ねている。見覚えがある。土御門慎斎ではないか。

舟着き場に舟をとめて、

「どなたかな？」

遠くからわざと大声で訊いた。

「これはこれは、和五助どの。わたしは土御門慎斎と申す者」

こちらを見たのはやはり土御門慎斎だった。明らかに化粧をしている。しかも、うっすら笑みまで浮かべていて、ひどく気味が悪い。

「………」

和五助はきょとんという顔をした。

芝居である。じつはかなり動揺した。

まさか敵の頭領がいきなり訪ねて来るとは予想していなかった。この男、想像よりだいぶ手強いかもしれない。

あるいは、手を組もうとでもいうのか。それとも、完全にこちらの正体を見破っているのか。

「土御門？　知りませんな」

と、惚《とぼ》けた。

「いや、知っているはずですが」

「どういう意味ですかな」

「ここに源太という鉄砲の名手を匿《かくま》っているはず」

土御門慎斎は、ゆっくり家の周りを歩き出した。

出入り口は正面にあるだけである。板張りの壁は、だいぶ上のほうに窓があって、中を見ることはできない。

裏のほうには、雨水を貯《た》める大きな甕《かめ》や、いろんな使い方をする石を並べている。火のつきやすいものは置いていない。

源太は二階の隠し部屋にいる。だが、のぞき穴を開けてあるので、こっちの姿は見られるし、声も聞こえているだろう。

土御門慎斎は、そうした家のつくりをじっくり見ながら歩いている。

もちろん、和五助としては見られたくない。

「いや、そんな者はおりません。ここは年寄りの一人暮らしですよ」

「そんなはずはないでしょう。だが、しらばっくれる気なら、こっちも腕ずくでいただきに伺うつもりですよ」

「はてさて」

和五助は苦笑した。

「ところで、ここは凄いつくりですね」

「この掘っ立て小屋が？」

「馬鹿をおっしゃい。これは砦と言っていい代物《しろもの》だ。この砦に四人ほど立て籠ったとする。いまの幕府の兵士どもだと、制圧するのに百人じゃ足りぬでしょうな」

「ほう」

「だが、貴公はだいぶ歳を召しておられる。守るだけだ。攻めては来れますまい」

「…………」

「源太のいたところに書状のようなものがあった。あれは、われらを引っ張り出すための策であったようですね」

「なにを言っているのか」

内心、舌を巻いている。

「後藤又兵衛の一党というのは本当ですか？」

「…………」

「ほんとはなにが狙いです？　まさか、そなたは囮《おとり》のようなもの？」

「…………」

なにか訊くたび、こっちをじいっと見つめる。

この男、容易な相手ではない。

この場でこの男を殺してしまったほうがいいのか。和五助は背中に手をやった。帯のあいだに苦内《くない》という武器を隠している。あとはたもとに梅干し大の鉄の玉を二個。

川のほうを見た。船が来ていた。

まだ陽があるうちに始める気なのか。

ここには貫作も来ていないのに。

火薬の匂いがした。隠し部屋にいる源太が、このやりとりに気づいたのだろう。

なにかあればこの土御門を撃つかもしれない。

だが、船の中からも銃口はこちらを向いているはずである。

和五助の背中にじっとり汗がにじみ出した。

犬が二匹、怪訝《けげん》そうにこっちを見ている。伏せていて、合図があれば飛びかかってくるだろう。

土御門は細身の刀を一本差しているだけである。だが、相当遣えるはずである。

和五助は最初の一太刀《ひとたち》を避けられる距離をずっと保っている。

「場合によっては手を組んでもいいのですよ。十万両の噂が本当であるなら」

「もちろん本当だ。この家の下にある」

と、和五助は言った。

「ほほう」

「なんなら見て行くか」

見せたほうがいいのだ。欲しくてたまらなくなる。

「いや。源太を消してからゆっくり見せてもらいましょう。あなたと手を組むにせよ、裏切り者の源太は生かしておけませんので」

土御門はそう言うと、万年橋につづく小道のほうに歩いて行った。

七

土御門慎斎が万年橋のほうへ去るのを見て、和五助は二階へ上がった。

源太がぐったりしたようすで座り込んでいた。

「驚きましたね」

と、和五助が声をかけた。

「ええ、まさか、いきなり訪ねて来るとは思いませんでした」

「わたしもです」

「和五助さんと戦いでも始まるのかと思って」

と、わきに置いた鉄砲を見た。

すでに火縄は除かれ、弾も取り出されてある。弾は、本当にどんぐりのかたちをしている。その底に、目の模様が刻まれてあるのも見えた。弾丸の目。

「駄目ですよ、撃っては。撃つときは、最後の最後に決着をつけるときです」

「決着？」

「ええ。ここでわたしたちが、あいつらを迎え撃つのですよ。もう言いましたでしょう？」

「それは聞きましたが、ほんとにここでですか？」

　源太は不安げに訊いた。

「はい。ここでです」

「やつらは何挺も鉄砲を持ってますよ」

「なあに下手な鉄砲などいくらあっても怖くはありませんよ」

「いや、一人、腕のいいのがいます」

「王子でわたしの頭を撃ったやつでしょう？」

「和五助さんの頭って、影武者をしていたのは？」

「わたしです」

「なんと」

「それに川はあるが、ここは江戸の真ん中に近いところです。あいつらも早々、鉄砲をばんばん撃ったりはできません。いろんな連中が駆けつけて来て、自分たちも逃げられなくなりますから」

「だが、また付け火などして」

「あんなふうにうまくはいきませんよ。あれは、風のせいだの、いろんな偶然が加わり、あんなふうに大火になってしまった。それに、江戸の人たちもあれで火事のことを学びましたから」

「でも、和五助さんと貫作さんだけというわけではないですよね」

「いや、わたしと貫作だけ。それと犬も手伝ってくれるでしょう」

「犬も」

源太は苦笑した。

「頼りないですか」

「あの連中は戦の稽古をしてきています。山奥の古い荒れ城を使い、城攻めの演習だっておこないました」

「城攻めのね」

「正直言って、こんな砦の類《たぐ》いでは、とても太刀打ちできませんよ」

「ところが、この砦は一癖ありましてね。ここは江戸城から見て、青竜の砦なんです」

「青竜の砦？」

「ほかに白虎の砦もあったのですが、籠る者が亡くなって、すっかり忘れられてしまいました」

「そうなので」

「家康公が直々に縄張りもしました」

そう言ったとき、和五助は家康とここに立ったのがついこのあいだのように思えた。

まだ、小名木川の掘削も完成しておらず、万年橋のところは小川が流れていた。もちろん橋は、ただの丸木橋だった。

寒い日だった。

家康は丸っこい肩をさらに丸めて、

「和五。ここは戦のときは大事だぞ。砦を築こう」

と、言った。

「そうですね。川を越える前にこの砦を落とすとしたら、かなり消耗させられるでしょう」

「そうさ。城の東、青竜の砦だ。だが、もう、そんな戦はないな」

「はい」

天下はすでに固まっていた。豊臣家ももはや徳川の敵ではない。

「ただ、無益な動乱を招こうとする者は当分絶えないだろう。和五はその者たちへの砦になってくれ」

「承知しました」

「五百石やる」

「それは……」

立派な旗本の知行《ちぎょう》である。一介の忍びの者に与えられる知行ではない。

「和五には何度も命を助けられた。その礼だ。ただ、この仕事は和五以外にはできぬ。一代限りとさせてくれ。倅《せがれ》ができたら、百石は約束しよう」

「ありがとうございます」

それでもたいした出世である。

「それでな、砦の下に穴を掘ってな。金子《きんす》を隠そう。そうだな、十万両ほど」

「十万両！」

「それで動乱を招こうという者をおびき寄せるのさ。そなたは、適当に名乗ればいい。西軍の落ち武者でも、石田《いしだ》三成《みつなり》の家来でも」

「あはは」

「その噂を広くばらまく。釣られてやって来る者たちを、そなたがここで捕縛してくれ」

「面白いですね」

「ここらをもっと土盛りして、氾濫しても流されぬようにせぬとな。それで穴を掘り、中に蔵をつくるのさ……」

家康はそんなことを言いながら、川縁《かわべり》を歩きまわったものだった。

いまから五十年ほど前――。

「家康公が？　あなたはどういうお人なんです？」

と、源太が驚いて訊いた。

「そんなたいした者ではありません。家康公の身近にいた一介の忍びの者ですよ」

「忍びの者……」

「こうした争いごとは慣れています。おまかせなさい」

「ですが、土御門は貴族の末裔《まつえい》ですが、唐土の兵法を学んでいますよ」

「唐土のね」

「土御門の一味は下手な武士の一団よりはるかに怖いですよ」

「大丈夫。もちろん油断はいたしませんよ」

と、和五助はゆっくりうなずいた。

八

暮れ六つを過ぎて、万二郎の家を出ようとしていたとき、開いていた窓から隣の神社に誰かひそむようにしているのが見えた。

武士である。

もしかしたら、昼間の武士かもしれない。

嫌な予感がした。と同時に、なにかを摑んだような気もした。

襲われるかもしれない。

武器を持つことにした。

ここには捕り物のとき下っ引きが持つ棒もある。だが、使い方を稽古していない棒では、刀に対抗できない。

和五助に言われてから、胡桃《くるみ》と手ぬぐいは持ち歩いている。その手ぬぐいを水で濡らし、捻《ね》じるようにした。だが、町人ならともかく、こんなもので歯が立つわけがない。

——なにかぶつけられるもの。

台所を見た。砥石《といし》の小さくなったやつがあった。それをたもとに入れる。土間の隅に湯吞みが二つに割れたのが置いてあった。それも入れる。

釣《つ》り竿《ざお》があった。万二郎がこの春、急に釣りを始めると言い出したが、三日後には「やっぱり性に合わない」と、うっちゃっておいたものである。

「親分、ちょっと釣り竿を借りてもいいですか？」

「ああ、かまわねえよ」

釣り竿をかついで外に出た。

小網町は日本橋川沿いにつづく町だが、この時刻は人通りも多い。

さりげなく後ろを見ると、つけてくるのがわかった。

細い道を入り、武家屋敷の裏手に出て、さらにもう一度細道を抜けると、犬が溺れた堀沿いの道に出た。

なんて大胆なことをしているのか。

喬太は自分でも驚いていた。

だが、勝つまでは無理でも逃げ切る自信があった。であれば、誰がどういうことをするつもりか確かめたい。

振り向いた。

「なんですかい？」

「………」

返事はないし、近づいても来ない。手が動いている。どうやら、手ぬぐいで顔半分を隠したらしい。

脅すだけで、殺すまではしないつもりなのか。

だが、脅されるのもごめんである。

「昼間のお武家さまでしょう？」

答えず、刀を抜いた。

ずんずんというふうに近づいてきた。

距離を測り、釣り竿を振った。

身体ではなく、地面すれすれで足を狙った。

「うわっ」

鞭《むち》のように、くるぶしや足首を打った。

もう一度、振った。これも足である。

かがみ込み、踵《きびす》を返して逃げようとした。

――逃がすもんか。

と、喬太は思った。たとえ武士だろうが、暗闇でこっちを斬ろうとした。そんなやつをこのまま逃がしたら、あとあと悔しくてたまらないだろう。

あとを追った。

こうやって釣り竿で足を叩きつづけ、動けなくしてやる。それで、犬の溺死《できし》のことを調べるくらいで、なぜ命まで狙われるのか、それを明らかにする。

ふいに姿が消えた。

石段を下りたのだ。あの舟着き場のところだった。

――しまった。

掘割をのぞいた。

小舟がこっちに来ていた。大川に出るつもりなのだ。

「逃がすもんか」

上から釣り竿を振った。ぱしっと音がした。身体を叩いたのだ。着物の上からだが、それでもかなりの痛みが走ったはずである。

昼間見分けやすいような痕をつけておきたい。

首のあたりを狙って、さらに竿を振った。

「あれ？」

ふいに竿のしなる感じが消えたのだ。

――しまった。

先を斬られていた。もう、下の男にはまったく届かない。

舟は大川に出て行った。

九

翌々日――。

朝早く、おしのが喬太の家にやって来た。

「喬太さん、いまから庭を見に行ける？」

「うん、じゃあ、親分に断わってくる」

おしのもいっしょに行くというので、道々話をしながら歩いた。

「和五助さんはおしのちゃんに甘いんだね」

喬太はちょっとからかうように言った。

「うん。じっちゃんは応援してくれているからね」

「へえ」

「近ごろでは、女はやたらと家にいるのがいいみたいになっているが、女だって仕事をすりゃあいいっていうのがじっちゃんの持論なんだよ。そのほうが、亭主の言いなりにもならずに済むぞって」

「そんなふうに言ってるんだ」

「じっちゃんは変わってるからね」

「でも、いずれ武士の家に嫁に入ったら、仕事なんてさせてもらえないだろう」

「うふふ。あたしは武士の嫁になんてならないよ」

「え、ならないの？」

「だって、あたしは、きれいな庭をいっぱいつくりたいんだよ。ちゃんと仕事としてね。そんなことを許してくれるお侍がいるわけないでしょ」

「そりゃあ、まあ、そうだろう」

「うちの父は武士に嫁に行かせたいみたいだけど、じっちゃんにはまったく頭が上がらないから」

「そりゃあ、あんな父親だったら、誰も頭は上がらないさ」

と、喬太は笑った。

では、おしのは武家に嫁に行かないなら、町人の嫁になるつもりなんだろうか。

訊いてみたいが、怖くて訊けなかった。おしのだったら、嫁になんて行かないと言いそうだった。

門番に声をかけると、すぐに開けてくれた。

「おれもいっしょに歩くけど、好きに見てくれてかまわないよ」

「ありがとうございます」

おしのは礼を言い、さっそく歩き出した。

門を入ってすぐのところは、白っぽい土の広場のようになっている。正面は母屋だが、右手のほうへ進むと、急に森へ入ったようになる。

「わあ、凄い」

「ほんとだ」

方々に土盛りがしてあり、そこにも樹木や草が生えているため、先がまったく見えない。本当に深山幽谷へ来たみたいである。

「色もきれいね」

「うん」

紅《あか》や黄色など、さまざまな紅葉が重なり合っている。

「これ、色合いなんかもちゃんと工夫されてるよ。いろんな色があるけど、一本だけが変に目立ったりしないでしょ。自然に目がゆっくり流れるようになっているの。ほんとに凄いなあ」

おしののような庭の目利きは、そんなことまでわかるらしい。喬太は、ただひたすら、

「きれいだなあ」

と、感心するだけである。

魚が跳ねるような音がした。

「水の音だね」

おしのがそう言ったとき、ふいに目の前に池が広がった。

「うわぁ」

「へえ」

遥《はる》かな時の流れを感じさせる庭である。

水の色は意外に澄んでいるが、浮いている蓮《はす》や、周囲の水草が、この池をいかにも古いものに思わせるのだ。

池の周りを木々が囲み、ここは紅葉より常緑樹の茂りのほうが圧倒的である。

「静かねえ」

「ほんとだ」

おしのと喬太は、池の縁でしばらく立ち尽くした。

そのうち、後ろから、

「以前は、池に向こうの堀から舟が入って来られるようになっていたんだが、途中を埋めてしまい、いまはただの池になったのさ。池を掘ったときの土がそっちに盛られ、築山になったんだろうな」

と、門番が言った。指差しているのは、池の反対側の築山である。

「ほんとに山ですね」

おしのも感心した。

かなりの高さがある。二階家の屋根のてっぺんほどはあるだろう。

「ご隠居さまはよく、この築山に登っていたんだよ。足腰を鍛えるためもあったんだろうな」

「登り道があるんですか？」

と、喬太は訊いた。

「ああ、その反対側にあるよ」

池のすぐ前だが、ぐるっと回らないとたどり着けない。細い道を曲がりながら行くので、庭だけだと五百坪ほどだろうが、凄く広い庭に感じられる。

竹林を抜け、築山の登り口に来た。ジグザグになっていて、何度か折り返して、頂上に出た。

「いい見晴らしね」

池から森一帯が見渡せる。

「ここから落ちたんですか?」

「そう。その下のあたりに倒れていたんだよ」

途中に石組もあって、頭をぶつけたりしたら、死んでしまうこともあるだろう。

足元を見た。

「どうしたの?」

「とくに足を滑らせたような跡はないけどな」

「そうだね」

「一人でここにいたんですよね?」

と、喬太は門番に訊いた。

「そりゃあそうだろうよ。犬がやけに吠えていたんで、おれが見に来たら、ご隠居さまが倒れていたもので、慌てて母屋に呼びに行ったんだよ」

振り返ると、隣の屋敷も見えた。

「お隣は？」

「陸奥国《むつのくに》の松平《まつだいら》さまのお屋敷だよ」

広い。ここは二千坪ほどだが、向こうは五倍以上あるだろう。着飾った腰元が廊下を歩くのも見えた。

「隣は鴉が多い」

屋根にもいっぱいとまっている。こっちの太田家はそうでもない。

「ご隠居さまが追い払ったりしていた？」

「いや。そんなことはしないよ」

築山を下りて、隣の屋敷とのあいだにある塀のほうへ行った。

ここの塀は、外に面するところよりは低い。攀《よ》じ登れなくもない。つぶさに見ながら歩くと、攀じ登ったような跡もあった。

「ほら、これ」

「誰か越えたのかしらね」

「ああ」

喬太が深刻な顔をしていたせいか、
おしのは心配そうに訊いた。

「どうしたの、喬太さん？」

「うん、ちょっと考えごとを」

と、喬太は話を濁し、

「ご隠居さまは惚けた、と言われていたんでしょう？　本当なんですか？」

「おれたちに声をかけてくれたときは、そんなふうには思えなかったけど、ちょっとおかしなことがあったんだよ」

「おかしなこと？」

「隣の大名屋敷から、あるじが登城して行こうとしたとき、うちのご隠居さまがとことこと前に出て行き、『お願《ねげ》えでごぜえますだ、お願えでごぜえますだ』と、言ったんだよ。それでちょっとした騒ぎになったんだけど、ご隠居さまは惚けたということで話はおさまったみたいなのさ」

「お願えでごぜえますだ？」

「なにを願ったんですか？」

おしのが訊いた。

「そりゃあわからねえ」

「武士の口調じゃないですよね」

と、喬太は言った。

十

おしのと別れ、喬太は小網町二丁目にある髪結い床に来た。

ここは喬太がいつも来ているところである。

なじみのあるじに髷《まげ》を結い直してもらいながら、

「そこの隣の松平さまだけど、評判はどうですか？」

と、訊いた。

「ここらじゃあまりよくないね」

「なにか嫌なことでも？」

「うーん、あんまり藩士の連中もこのあたりの店は使わないし、なんとなく威張ってるよね」

「そうですか」

そのあたりは藩によってかなり違いがあるらしい。代々の家風なのか、当代の殿さまの気質なのか。そこらは喬太などには計り知れないことである。

「そういえば、半月ほど前だったか、奇妙なできごとがあったんだよ」

と、あるじが月代《さかやき》を剃《そ》りながら言った。

「と言いますと？」

「大川から草鞋がいっぱいあの屋敷の真ん前まで並んでいたことがあったんだよ」

「並んで？」

「ちょうど大川から幽霊でもいっぱい上がって来て、あの屋敷の中に音もなくすぅーっと入って行ったみたいにな」

「うわっ」

「そういえば」

と、店に来ていたほかの客が言った。

「むしろ旗が立ったという話も聞いたぜ」

「むしろ旗？」

「ほら、一揆《いっき》のときに百姓が掲げるやつがあるだろ。それが大川沿いの塀の向こうにずらっと並んだそうだぜ」

「どういうことです？」

「なんか、お国の風習かなんかかね」

そんな風習があるのだろうか。

「そういえば、太田さまのご隠居が四人連れの百姓みたいな連中と話をしていたことがあったよね？」

と、その客が言った。

「いつ？　おれは知らねえぜ」

あるじは首をかしげた。

「ひと月くらい前だよ。そこの道のところで、なんだか深刻そうにして話をしていたんだよ」

「百姓たちと？」

江戸の者ではないのか。

「松平さまの国許《くにもと》の人かね？」

「そりゃあ、わからねえ。太田さまの知行地の百姓かもしれねえぞ」

「だったら、太田さまのお屋敷のほうに行くだろ？　松平さまのお屋敷の真ん前だったんだから」

「まあ、おれたちはあんまり首を突っ込まねえほうがいい」

あるじたちは話をおさめてしまった。

だが、喬太は気になる。

夕方——。

喬太はまた、あの堀のところに行ってみた。この前の舟はない。昨日の夕方もなかった。

あの武士は顔に怪我をしている。見咎められるのを怖《おそ》れて姿を見せないのだろう。

堀を見ていると、ふいに背中が震えた。

大勢の男たちが、そのあたりでぼーっと立っているような気がした。

十一

いろんなことがごっちゃになっている。

わからない筋道があるのだ。

ご隠居さまは、隣の殿さまの駕籠《かご》に近づいて、

「お願えでごぜえますだ」

そう言ったのだという。

それは、ご隠居と話していたという百姓たちが言いたかったことなのではないか。

――直訴だ。

国許から百姓たちがやって来て、お殿さまに頼みごとをしたのではないか。

田舎から百姓たちが出てきたとき、どこに泊まるのだろう。

藩士なら藩邸に泊まることができる。だが、町人や百姓などは泊めてくれるわけがない。

万二郎にさりげなく訊いた。

「国許から、商人や百姓が出てきたときは、藩邸に泊めてもらうんですか？」

「藩邸に泊まるのは藩士だけだ」

「じゃあ、どこに？」

「通旅籠町《とおりはたごちょう》あたりの安宿に泊まるんだろうな。飯も自分で炊いて食うようなところに」

その通旅籠町に行ってみた。

いかにも安そうな宿だけに声をかける。

「こちらに、ひと月くらい前、陸奥から来た四人連れの百姓は泊まりませんでしたか？」

「泊まったよ」

という返事があったのは、五軒目の宿だった。

「泊まってましたか？」

「ああ、でも、一晩だけで来なくなったぜ。次の晩も泊まると言ってたが、結局、来なかったよ。国許にもどってしまったんだろうな」

「なぜ江戸に来たかなんて話してましたか？」

「百姓が連れ立って江戸に来るのは、たいがい直訴だよ。なんとか年貢をまけてくれってやつさ」

「やっぱり」

「今年、陸奥は日照りがひどかったらしいな」

「そうなので」

「あいつらの藩だけじゃねえ。ほかにも来てたよ」

「まけてくれるものなのですか？」

「まあ、駄目だろうな。まれに聞き届けてもらえることもあるみたいだが、ほとんどは無駄足だよ。しかも、そもそも直訴ってのはご法度《はっと》だから、首を斬られちまうことだってある。やるほうも命がけだよ」

「そうなんですか」

面倒なことになってきた。

もしかして、四人の百姓たちはもどったのではなく、あそこで斬られてしまったのではないか。

そして、太田さまのご隠居は百姓たちと話し、同情もしていたから、どうなったか訊《たず》ねたかった。

だが、それはできなかった。

ご隠居はあの築山の上から隣のぜいたく三昧《ざんまい》を見て、憤りを覚えた。

復讐してやろう。百姓たちの願いを叶《かな》えてやろう。

そう思って、幽霊騒ぎをつくったのではないか。

草鞋が並んだことも、むしろ旗が立ったことも、外からできる悪戯のようなものではないか。さらに鴉を餌《え》づけして、庭に集まるようにさせた。こんな騒ぎがつづけば、殿さまも嫌な思いをし、もしかしたら年貢をまけたりもするのではないか。

だが、ご隠居のしわざだと知られ、隣から入り込んだ者に撲殺され、事故を装われた。

——もしかしたら、あの男が……。

十二

夜、家にもどっていたところを、万二郎から呼ばれた。

家に行ってみると、万二郎が難しい顔をしている。そのわきには、同心の根本進八まで来ていた。

――もしかしたら、おとうの身に？

胸をぎゅっと摑まれた気がした。

「おめえ、近ごろ、なにを調べてる？」

と、万二郎が訊いた。どうやらおとうのことではなかったらしい。

「はい。犬の殉死の件を探ってました」

「犬の殉死？」

根本は興味津々という顔をした。

「じつは堀江町にある山崎屋という油屋から、お前のところの若いのが、お大名家のうちうちのことに首を突っ込んでいるらしいと伝えてきた。山崎屋は、そこの松平さまに出入りしているんだ」

と、万二郎は言った。

「ああ」

なんとなくこんなことが起きるような気はしていた。

それで親分にも迷惑をかけ、手伝いもやめる羽目になるのではないかと。

「それから、どうした？」

喬太はわかったことをすべて話した。武士に襲われたことも、通旅籠町の宿で聞き込んだことも。

「そこまで摑んだのか」

万二郎は顔をしかめた。

「まだわからないことだらけですが」

「おめえ、とんでもねえところに首を突っ込んだな。町方の出る幕ではないうえに、おれたちは単なる岡っ引きだ。なにがやれるってんだ？」

「なにもできないですか」

「喬太。藩のほとんどは直訴を禁じている。直訴どころか、見回りの役人あたりにもなにも言えぬらしい。それをしてお手討ちにあっても、文句は言えないのだ」

根本が静かな口ぶりで言った。

「ひたすら我慢しなきゃならないわけですよね。餓死しても」

喬太はつぶやくように言った。

「そうだな。つれえ話だよ。だから、なにもできないうえに、亡くなった太田のご隠居がそういうことをしていたことが明らかになれば、今度は太田家に罪が及ぶぜ」

「そうなんですか」

太田さまのご隠居も、こんな思いだったのかもしれない。だが、ご隠居は智慧をしぼって、怪談話で百姓たちの悔しさを晴らしてあげようとした。

「喬太の命も危ねえのでは？」

と、万二郎は訊いた。

「いや、一度、しくじったら、もう手を出してこねえ。向こうだって、町方まで敵に回してこじらせたくはねえんだ。だからこっちが手を引けば、向こうも手を引く」

「はい」

万二郎はうなずき、

「ここまでだぞ」

と、喬太に言った。

「わかりました」

喬太はうなずいた。

だが、涙があふれた。悔しさがこみ上げてくる。

──立派な岡っ引きになりたい。

と、初めて思った。

もちろん岡っ引きになったからといって、大名の屋敷に踏み込めるわけではない。

それでも、一つずつ、あまりに悪どいことは許さねえぞと、怒りの目を向けることはできる。

第四話　傷だらけの爺い

一

和五助の仲間の貫作が朝早くにやって来ると、二人は忙しく働き出した。

「手伝わせてください」

源太が申し出ると、

「これだけは自分たちの手でやっておかないと、あとで使い勝手や微妙なことが違ってくるんですよ。源太さんも用意すべきことがあれば、自分でやっておいてください」

「はあ」

そう言われると、銃を磨き、弾薬や火縄が湿気たりしていないか、確かめるくらいしかない。

和五助と貫作は、篠竹《しのだけ》で矢をつくって補充し、革の鎧《よろい》を磨き、水や食べものを用意している。昼には炊き上がった飯で、おにぎりをいくつもつくって、炉端に並べた。戦いの途中で、いつでも食べられるようにしたらしい。酒も用意したのは、飲むためよりは怪我をしたときの消毒のためらしい。

源太は、これまでとは違う切迫したものを感じて、

「もしかして今宵《こよい》あたり？」

と、和五助に訊いた。

「ええ。今宵は満月で、しかも乾いた風が吹いています。連中にとっては攻めやすいのですよ」

「乾いた風が？」

「この砦に火をつけて、わたしたちを燻《いぶ》り出したいでしょう。そうすれば、数の多いほうが圧倒的に有利ですのでね」

「なるほど。そのときは、もちろんおれも戦いますが、ほかにはあなた方だけですか？」

「ええ。そうですよ」

和五助は、それがどうしたとでもいうように、軽くうなずいた。

「援軍を頼まないのですか？」

と、源太は訊いた。

「援軍？」

「町方に頼むのが嫌なら、古いお仲間などもいるでしょう？　とにかく相手は十四人もいるのに、たったこれだけで？」

「あっはっは、心許《こころもと》ないですか？」

「失礼ですが、お歳のこともありますし」

「年寄り二人ですからな」

貫作を見て、和五助は笑った。

「あいつらは謀反を犯そうとしているのだから、町方に応援を頼んでも不思議はないでしょう？」

「ひとつには、町方の連中も含めて、もう幕府の兵士が当てにならないのですよ。戦の稽古ができていないから、わたしたちほどうまく戦えない。あいつらを全滅させようとしたら、こっちはおそらく百人以上は死ぬでしょう」

「百人」

「無駄に死なせる意味はありませんよ。それともうひとつは、下手に援軍など来たら、逆に何人かは取り逃がすことになる。全員倒すか、捕縛するには、こっちの人数を少なくしたほうがいいのですよ。逃げずに向かってきますからね」

「………」

源太はむしろ呆《あき》れてしまった。いったい、なんという人たちなのだろう。そこまで自分たちに自信を持っているのか。

「もともとここは五人で守る砦だったのです」

「ああ、そうだったっけなあ」

貫作がいま思い出したというように笑った。

「だが、ほぼ十年ごとに一人ずつ病《やまい》で減っていったのです。残ったのは、このような爺さんばかりが二人。弱ったもんですよ」

「補充しようとは思わなかったのですか?」

「そうですね。だいたい、わたしたちがやって来たような戦の訓練を、いま若い人にしようとしたって無理でしょう」

「…………」

　源太にしたって、この人たちから見たら若い者のほうに入るだろう。自分もまた、訓練にはついていけないような、やわな男だというのか。

「じっさいの戦を何度も何度も体験した者でないと無理なんですよ。わたしらだって、そのなかで身につけてきたのです。あんたの倅の喬太さんなども、根性はあるし、賢いが、ちっと気持ちがやさしすぎる。それは、こんな平和な世の中に生まれ育ったのだから、どうしようもないのですよ」

　和五助がそう言うと、わきから貫作が、

「こんなことには可哀そうで引っ張り出せねえよ」

と、口をはさんだ。

「そうなんです。わたしらは戦国のころに育ったのですよ」

　和五助は悲しそうな目をして言った。

「和五助さんたちは、いったいどれだけの戦に参加してきたのですか？」

　源太が訊いた。

「どれだけでしょう。貫作、おめえの初陣《ういじん》はいつだった？」

「おれは兄いと違って、朝鮮には行ってねえから、関ヶ原の前哨戦からだよ。だから、関ヶ原の前後の戦だろ。それから島津に潜ったときは、琉球とも戦ったよな」

「ああ、あれもきつかったな」

「それに、大坂の冬の陣と夏の陣、そのあとは天草の乱があったきりかな」

「ざっと言うと、そんな感じか」

「でも、戦にはならなくても、あの当時というのは、皆、臨戦態勢にありましたからね。おれたち忍びの者なんかは、毎日が戦みたいな日々だったよ」

「そうだな」

和五助の表情は次第につらそうになり、

「ひどいものでした。戦なんか二度とやっちゃいけません。だから、わたしらもいまはこうして、戦を未然に防ごうとしているのですよ」

と、源太に言った。

昼過ぎから、和五助と貫作は、家から少し離れたところにある生きものたちの小屋に覆いをする作業に熱中した。流れ矢などに当たらぬ工夫らしい。

この男たちは、人と生きものをあまり区別していないように見えた。

一通り覆いをし終えた和五助は、

「こいつらはこいつらで、日々、戦っているのです。まったく、戦わないと生きていけないなんて、この世ってのは酷《ひど》いところですよ」

と、怒ったように言った。

二

この日、喬太は昼過ぎから、八丁堀にある根本進八の家にやって来た。万二郎の家に顔を出したら、そんな伝言が来ていたのだ。

——やっぱりあの件で叱られるのだろうな。

喬太は不安に思っている。

まったく、とんでもないことに首を突っ込んでしまった。大名の領民殺し。将軍さまにも手の出せないことらしい。

根本の家の前まで来ると、つい立ち止まってしまった。

入る前に息を整えていると、

「あら、喬太ちゃん」

後ろから声がかかった。

振り向くと、根本のご新造のおこうだった。買い物にでも出ていたらしい。あいかわらず、目の覚めるような派手な着物を着て、それがまた、よく似合っている。

「ああ、こんにちは」

「どうしたの？」

「ええ。ちっとしくじったかなと思って」

「なにを？」

「ええ、まあ、余計なことをしたのかもしれません。怒られるのだと思います」

「たぶん、そんなことないよ」

「はあ」

「想像してるのと逆」

おこうは、からかうような、不思議な表情をしてみせた。

「進八さん」

おこうが門のところから家の中に声をかけた。

「おう」

「喬太ちゃん、来てるわよ」

根本が中の部屋から顔を出した。

「あ、どうも」

おこうがいきなり呼んだものだから、立ったまま、間の悪い挨拶になった。

「なんか、心配してるみたいよ。叱られるんじゃないかって」

「あっはっは。逆だ、逆」

「ほらね。入んなさい」

と、おこうは背中を押した。

中には万二郎が来ていた。

「親分」

「まあ、座らせてもらえ」

「はい」

と、喬太は部屋の隅にかしこまって座った。

「喬太」

親分が重々しい顔になって言った。

「はい」

「おれはちっと早いと思ったんだが、根本さまは大丈夫とおっしゃるんだ」

「はあ」

なんのことかわからない。

——まさか。

嫁でももらえというのか。

それはいくらなんでも早い。それに、好きな娘がいる。ゆっくり、気持ちを育てていきたい。

「十手《じって》を持たせろとおっしゃるのさ」

「十手……」

まだピンとこない。

「おめえを一人前の岡っ引きとして認めてくださるというのさ」

「え」

唖然とした。

――おいらが、岡っ引き……。

まだ十年も先のことのような気がしていた。いや、それよりも、途中で逃げ出してしまうかもしれないとさえ思っていた。

「でも、八十吉兄さんが」

と、喬太は言った。

「あれにもやる。二人いっしょだ」

「丑松兄さんは？」

「あいつはもう芝にもどる。おやじの跡を継ぐんだ」

「はあ」

「八十吉はもともと住まいは松島町だ。あそこを縄張りにさせる」

「でも、それじゃあ親分の下っ引きがいなくなるし、おいらは縄張りもないし」

「新しく二人、手伝わせる。おめえの縄張りはまだとして、おれの手伝いってことだが、いちおう小網町の二丁目と三丁目はおめえが見るってことにしよう。そのかわり、捕り物だのなんだのってときは、助けてもらう」

「それはもちろんですが」

「おれは魚河岸も引き受けることになったんで、じっさい見切れなくなってきたんだ」

万二郎が話し終えると、根本が奥の部屋から桐の箱を持ってきた。

「ほら、十手も用意できたぞ」

「なんと」

喬太は両手で十手をそうっと持ち上げた。親分のものを触らせてもらったこともあるが、こうして持つと重いのに驚く。それもそうで、これは古くからある武器で、刀とだって渡り合えるというのだ。

「喬太ちゃん。構えてみて」

と、おこうがわきから言った。

「え」

「十手は構えが大事なのよ。ねえ、進八さん」

「そうだ。喬太、構えてみろ」

根本もけしかけた。

「こ、こうですか」

喬太が構えると、皆、にやにやしてうつむいたり、頭をかいたり……。

三

根本の家を出るころには、陽もずいぶん傾いていた。

途中から八十吉も来て、祝いの席になってしまったのだ。

おこうが赤飯まで炊いて持たせてくれた。

家にもどり、母親のおきたに、

「十手をいただいた」

と、告げた。

「十手を？」

「そう。一人前の岡っ引きとして認めてもらったんだ」

「あんたがかい？」

おきたは目を丸くした。

「そうさ」

「万二郎さんのところに行かなきゃいけないね」

縫物を放り出して立ち上がった。

「うん。礼に行ってくれ。おいらも、どうしても礼を言わないといけない人がいるので、出かけてくる」

と、喬太は家を出た。

大川の縁まで来ると、最後の渡し船が出るところだった。

川の中ほどで陽が落ちた。

万年橋を渡り、小名木川の出口のところに来ると、なんとなく雰囲気がおかしい。

陽は落ちたが、満月が上ってきているので、あたりはよく見えている。家の周囲の草が刈られ、ニワトリや鳩の小屋にも、覆いのようなものがつくられてある。

——どうしたのだろう？

まだ、草が刈り残っているあたりには人影がある。夜釣りに繰り出した人たちだろうか。

戸口の前に立ち、

「和五助さん、いますか？」

戸を叩きながら名を呼んだ。

戸が細く開き、和五助が顔だけ見せるようにした。

「喬太さん」

「じつは、見せたいものがありまして」

「ああ、それは明日にしましょう。いま、ちょっと取り込んでいましてね」

「取り込み？」

ちらりと奥に貫作が見えた。革の胴着のようなものを着ていた。

「なにかあったのですか？」

「いや、大丈夫」

「まさか、このあいだみたいなことが？」

「ほんとに大丈夫ですから、明日の朝、もう一度、来てください」

まるで追い立てられるように戸が閉まった。こんなことは初めてである。

喬太は帰るふりをして途中で足を止めた。

背中に差していた十手を握った。緊張で少し手が震える。

さっきの道までもどると、草をかき分け、水辺に出た。あの人影はなんとなく怪しかった。

そのとき、草の中からいきなり誰かが飛び出してきた。

「うわっ」

思わず後ろに下がった。

相手は光るものを振り回した。短刀よりは長いが、短めの刀である。

かきーん。

十手で受け止めると、鋭い音がした。

さらに、喬太は咄嗟に足を伸ばし、相手の膝を蹴《け》った。このあいだ、釣り竿で武士と戦って以来、荒事に慣れたのかもしれない。

「うっ」

相手は痛みをこらえてうずくまるようにした。

「なに、しやがる」

言いながらあたりを見た。一人だけではない。何人かの気配がある。

——これはまずい。

和五助が襲われるのだ。

慌てて、和五助の家にもどり、

「和五助さん。周囲を曲者《くせもの》に囲まれてますよ」

と、叫んだ。

突然、戸が開き、喬太は中に引きずり込まれた。

と、同時に、戸の外にぶすぶすと、なにかが突き刺さる音がした。

「危ないところでしたよ」

和五助が言った。

「すみません。妙な気配があったので、水辺を見に行ったら、斬りかかってきたのがいました」

「今度は喬太さんを巻き込まないようにしたのですが」

「はあ、お気持ちは嬉しいですが、そうはいきませんよ。ほらね」

喬太は懐《ふところ》から光るものを取り出して見せた。

「なんと。十手じゃないですか」

「今日、同心の根本さんから預かったのです」

「十手を持ったということは、一人前の岡っ引きってことじゃないですか」

「いや、一人前かどうかはわかりません。でも、和五助さんに見てもらいたくて、来てしまったんです。なんせ、和五助さんの助けのおかげですから」

「そんなことはありませんよ」

「それで、十手を預かったからには、もう外にいるような連中を、見逃すわけにはいかないでしょう」

「ははあ、それは弱りましたね」

中二階があり、貫作が下りてきた。

「兄い、来るぜ」

「よし」

和五助のあとから、喬太も中二階に上った。

ここは壁に丸い穴や四角い穴が方々に開いていて、外を見ることができる。

火矢が来た。

こっちを明るくし、攻めやすくしようというのだ。

この板壁がくるりとひっくり返る仕掛けを向こうは知らないのだ。

和五助が、こっちから草むらに火矢を放った。

周囲に三つほど、焚火《たきび》ができた。あらかじめ燃えやすくしておいたに違いない。草むらがよく見えるようになった。

四

上から男が下りてきた。喬太は目を瞠った。

「おとう」

「喬太」

ここで会えるとは思わなかった。

「親子の対面を味わうのは、この戦いが終わってからにしてくださいね」

和五助がからかうように声をかけた。

「それはもう、この前、舟の上ですましましたよ」

源太が笑って言った。

「こうなったら、あんたたちにも手伝ってもらいますよ」

「なんでも言ってください」

「二人はこの上で周囲の動きを見張って、動きを伝えてください」

「わかりました」

「それで、わたしたちが敵を倒したら、一人ずつ数えていってください。全部で十四人のはずです。残りの敵の数でわたしたちの戦い方も変わってきますのでね」

「はい」

喬太は上の階には初めて上がった。甕がいっぱい並べられている。豆や粉などの食べもののほか、武器らしいものもいくつもある。

だが、感心して見ている場合ではない。

喬太が東と南側、源太が西と北側を見張ることにした。

「犬もそこに上げておいてください。音で敵の来る方向に吠えてくれますから」

「わかりました」

犬も上の階を唸《うな》りながら回り始めた。

「南側の壁に火矢が刺さったままですよ」

喬太が怒鳴った。

この前のように壁が回り、火矢は消された。

「ようし、いくぜ」

和五助も貫作も外に向けて弓矢を放ちつづける。弓も矢もほかに置いてあるので、喬太も手伝いたいくらいである。

ちょっとだけ手に取り、弦を引いてみた。

「え？」

ひどく力がいる。弦が張りつめられていて、これに矢をつがえて引くのは、容易なことではない。あの年寄りたちは、こんなことをさっきからずっとつづけているのか。

万年橋のほうで二人が仰向けに倒れているのが見える。

「二人倒したようです。あと十二人ですね」

喬太は下に向けて言った。

目を凝らし、敵の動きを見つづける。

「あ、まずい」

喬太が叫んだ。

「どうしました、喬太さん？」

和五助が訊いた。

「東の壁のほうに敵が二人駆け寄ってきて、へばりついたみたいです。よく見えませんが、明るくなっているので、松明《たいまつ》でも置いたのではないでしょうか」

「火をつけるつもりでしょう。喬太さん、下の炉端で湯を沸かしているでしょう。それを上からかけてみてください」

「わかりました」

炉に載せてあった鉄瓶を持ち、二階の窓から見当をつけて下に注いだ。

「あちちち」

下で声がした。

「あ、背中を押さえて逃げます」

そこへ和五助と貫作が矢を放った。

一本、二本、三本と走る男たちの背に矢が突き刺さり、倒れた。そこへさらに数本ずつ矢が打ち込まれた。

「二人、倒しました。これで、残りは十人です!」

喬太は怒鳴った。

「あれ、油臭いな」

源太が言った。

いまの二人が松明の炎に油を注いだのではないか。

油がいっしょに燃えたら、どうしたって火が回ってしまう。

「そこらの甕に砂が入ったやつがあるはずです」

喬太がいくつかの甕をのぞき、

「ありました」

「それを上からかけてみてください」

「わかりました」

上の窓から見当をつけて燃えているあたりに砂を流し込むようにした。

なんとなく下のあたりがさっきより薄暗くなった気がする。

「火はちょっと弱まったみたいです」

と、喬太が報告した。

「それなら大丈夫でしょう。ここの壁はちょっとやそっとの火じゃ燃えませんから」

「船が近づいて来てますよ！」

西側を見ていた源太が怒鳴った。

「すぐ、そばまで来ています」

「わかりました。窓から飛び込んでくる矢に気をつけてくださいよ。目をやられますのでね」

確かに、これくらい矢が打ち込まれたら、いくら小さな窓でも、飛び込んでくるものはあるだろう。

「銃口を穴から出して、狙っているように脅しますか？」

源太が和五助に訊いた。

「いや、それだと向こうも撃ち始めてしまうかもしれないのでね。それより、土御門の姿は見えてますか？」

「いや、隠れてますね」

「では、まだ鉄砲を使うのはやめましょう」

「向こうが撃ってきたら？」

「向こうはやたらに撃てません。こっちは撃とうと思えば撃てます。江戸を守るという大義名分がある。ただ、あの男は逃がしたくない。また、京にでも逃げられたら、今度はわたしたちが相手できるかはわからないのでね」

「では、このまま矢で？」

「なんとかして、もう少し敵を減らしましょう」

と、和五助は言った。

五

「ええいっ、なんという爺いどもなの」

船の中で土御門慎斎が呻《うめ》いた。

「なかなか火がつきませんね」

「消されてしまっているのです。あの戸口を壊してでも突入しないと無理だな」

「わかりました」

船がぐるりと回り込み、小名木川のほうへ入った。

「お前たち、丸太を持ってきているな」

「はい」

「それを戸口に叩きつけてぶち破るのです。そこを開けてしまえば、火をつけるのは簡単だ」

「わかりました」

「わたしたちはもう一度もどって、西側に爺いどもを引きつけておきましょう」

船はまた、大川のほうへともどった。


「和五助さん。東側に動きがありますよ。なにか大きな丸太を出してきました」

「それでここの戸をぶち破ろうというのでしょう。いい策です。戸が破られたら、火矢だの火の玉だのがどんどん飛び込んできますからね」

和五助は言った。口調は穏やかだが、それはまずい事態だろう。

丸太を持った連中が近づいてきた。こっちから次々に矢を放つが、向こうも鉄兜《てつかぶと》や鎧で身を覆っているため、当たっても弾《はじ》かれてしまう。

どーん。

と、一撃が来た。

家が揺れた。

「兄い、こうなりゃ引き入れちまおうぜ」

「よし、戸を開けるぞ」

この人たちは、砦に籠るつもりなどない。

次のぶちかましが来るという寸前、和五助は戸を開けた。

「うおっ」

ぶつけるところが急に消えたものだから、男たちが丸太といっしょに五人も飛び込んできた。

「とおりゃ」

「この野郎！」

家の中に怒号が飛び交う。犬が激しく鳴き、下の敵に飛びかかっていく。

和五助も貫作も刀を叩きつけていくが、相手も防具をつけている。そうそうばっさりとはいかないのだ。

「喬太。手伝うぞ」

「よし」

源太が喬太にわきにあった短めの槍《やり》を渡した。

いっきに駆け下りながら、敵に向かって突いた。上からの槍の攻撃は功を奏し、敵は首や肩を突かれて転がった。

「こいつ、こいつ」

喬太は夢中になって突いた。

「喬太。もういい」

源太が声をかけた。見ると、五人もの男たちが床に横たわっている。部屋は一面、血が飛んで、凄《すさ》まじいありさまになっている。

「戸を閉めるぞ」

貫作がそう言って、戸を閉めた途端、横倒しに崩れ落ちた。

「貫作さん」

喬太が駆け寄った。

「いまので腿《もも》をやられた」

貫作が言った。

腿が断ち切られ、血が噴き出していた。

和五助が甕の中の酒を貫作の創口にかけ、

「布を」

と、言った。

「はい」

喬太が渡した布で、和五助は貫作の足を強く縛った。

貫作は部屋の隅で横になった。

「もう動くなよ、貫作。血を止めないと駄目だ」

「でも、兄い」

「大丈夫だ。これで五人倒した。あと五人しかいねえ」

「でも、兄いも」

貫作は和五助の背中を指差した。和五助も斬られていた。

「大丈夫だ」

和五助はそう言って、着物を脱ぎ、上半身裸になった。八十近いとはとても思えないくらい、筋肉がついた立派な身体つきをしていた。甕から柄杓《ひしゃく》で酒を汲み、背中にかけ流すようにして、さらに自分で布を巻きつける。

「七十八番目の傷だ」

和五助は笑いを含んだ声で言った。

喬太が手伝おうとするが、

「いや、大丈夫ですから」

と、首を横に振るばかりである。

「兄い。犬も」

二匹の片割れも、足を斬られている。

「おう、おめえも食いついたりしてくれたからな」

そういえば、犬の鳴き声もずいぶん響いていた。

和五助は、犬にも酒をかけ、同じように縛った。

「ん?」

喬太は顔を上げた。

「どうしました?」

「静かになってますよ」

矢が刺さる音もしない。足音もない。あたりは静まりかえっている。

「ああ、はい」

「引き上げたのでしょうか？」

と、喬太が耳を澄ましながら訊いた。

「いや、まだまだこれからですよ」

和五助が笑った。

六

和五助によると、戦というのはこんなものらしい。

のべつ戦いつづけたら、敵味方ともに疲弊しきってしまう。ときに休み、力をつけ、また攻め始めるのだという。

「向こうも四半刻ほど休むつもりです。さあ、腹が減ったでしょう。握り飯を食べてくださいよ」

和五助はそう言って、自分から先に握り飯を頬張り始めた。

貫作も怪我で横になっているのに、それでも握り飯を食べる。

「食べなきゃ、新しい血もつくれませんからね」

「はい」

喬太もうなずき、食欲などなかったが食べた。この人たちを見習わないといけない。

「ひさしぶりの大戦って気分ですよ」

和五助が言った。嬉しそうでもある。

「十万両のこともあるから向こうも必死だよな」

貫作が言った。

「十万両がここにあるのですか?」

喬太は驚いて訊いた。

「あるのですよ。見たいですか?」

和五助は悪戯っぽく訊いた。

「それは見たくないことも」

「いいですよ。この戦いが終わったら、わたしも幕府に返すことにします。こんな戦いはこれで最後にしたいのでね」

和五助は立ち上がり、部屋の隅にあった木のふたを開けた。

ろうそくを持ったまま、地下蔵へと下りた。喬太もあとをついていく。父の源太は疲れたらしく、いいから前が見て来いというように、首を横に振った。

かなり長い石段だった。周りも石組がなされ、頑丈なつくりだった。

下り切ったところが六畳間ほどの部屋になっていた。

ろうそくの火が向けられると、千両箱ではなく甕が並んでいた。その中に、黄金に光るものが詰まっているのが見えた。

「これが富です」

「はい」

「これが人を惑わせたり、狂わせたりします。わたしはこの上で何十年も寝てきました。ありがたいことに、惑いも狂いもしませんでした」

たしかにそうである。

和五助はこの上にいて、珍しいものや新しいものを食べたり、そばやうどんを自分でつくったりはしたが、贅沢などはまったくしていなかった。きわめてつつましやかに暮らしていた。

「和五助さんは凄いです」

「いいえ。富よりも遥かに大きなものに気づいたからですよ」

「富よりも大きなもの」

「はい。それを自分の物差しにすると、富ですらどうというものではなくなります」

「それは力のことですか。陸奥の松平の殿さまが持っているような」

このあいだはそれでひどい目に遭った。

「権力ですか。あっはっは。それよりも大きなものです」

「それよりも?」

「まあ、わたしはなにも言わないでおきましょう。ただ、富や権力などより大きなものがあると思えば、すこしは楽に生きられるかもしれませんよ」

「はい」

喬太はうなずき、また、和五助のあとから上にもどった。

二つ目の握り飯を食べながら、

「そういえば、あの太田の件はどうなりました？」

と、和五助が訊いた。

こんなときだというのに、和五助はまだ、ほかにも興味を向けている。

いったい、どれだけ大きな人なんだろう。

七

陸奥の松平の屋敷で起きたと思われることを、喬太はかんたんに話した。途中で調べを諦めざるを得ず、その悔しさは自然とにじみ出てしまっただろう。

「なるほど」

と、和五助はうなずき、

「それは間違いないでしょうね」

「はい。おいらも自信があります」

「喬太さん、わたしらはいま、外側からの敵と戦ってますが、それはやっと築いた平和な世の中を内側から腐敗させるような悪事ですよ」

「でも、お目付《めつけ》たちですら、なにもできないのでしょう?」

「なあに、できますよ」

　和五助は言った。

「どうやって?」

「太田のご隠居の手を使えばいいんですよ」

「え?」

「孫右衛門は、さも幽霊が出たように、松平の殿さまを脅したのでしょう。怖がらせたあげく、年貢をまけさせようとしたのですよ」

「はい」

　贅沢三昧をしているくらいなら、その分だけでも年貢をまけろと言いたかったのだろう。

「そのつづきをやりましょうよ。わたしたちで」

「和五助さんたちが?」

「たしか、太田の家と、陸奥の松平は遠縁でもあるはずです。なあ、貫作?」

「ああ、そうだよ」

貫作も話を聞いていて、すぐにうなずいた。

「なおさら、松平の仕打ちに憤りを覚えたのだろうな」

「太田孫右衛門が死んだあとに幽霊が出てきたら、さぞかし魂消《たまげ》るだろうな」

貫作が嬉しそうに言った。

「なあ、貫作。その幽霊騒ぎを、お城でやってやろうか」

「城で？」

「ああ、ほかの大名も登城しているとき、あいつのところに死んだ百姓たちが出てくるのさ。大騒ぎになるぞ」

「そりゃあ、いいや。それと、身につけているものに、ご禁制の贅沢品でも紛れ込ませておこうか。立場がなくなるぜ」

「うん、それもいい。あ、いま、思い出したが、あの松平は家康公が亡くなったとき、東照宮をつくると言っていたよな」

「ああ、言ってたな。ずいぶん調子のいいことを言ったぞ。霊岸島を丸ごと東照宮にすべきとか」

「あいつか」

「いまは倅の代だろうが、やっぱり調子だけはいいんだろうな」

「それを持ち出せばいいんだ」

と、和五助は面白そうに言った。

「誰から言わせるんだい？」

「稲葉だろう。あいつ、いまはなにになってたっけ？」

「老中《ろうじゅう》だよ」

「王子権現で上さまの身代わりになってやったんだ。それくらいの貸しはつくったよな」

「つくった、つくった」

二人はいかにも楽しそうに話していた。

——いったいなんという話をしているのだろう。

喬太は内心、舌を巻いていた。根本さまのご新造の兄上が、力のある目付だと聞いたが、この人たちの力はそんなものではない。

ご老中でさえ動かすことができるのだ。

「殺して埋めた場所なんか、だいたい見当がつく。そこに東照宮を祀らせることにしていたと言って、土地を差し出させればいいんだ」

　和五助はさらに言った。

「そうか。すると、死体が出る」

「改易《かいえき》まで持っていけるぞ」

「ああ、持っていこう。それで、孫右衛門の仇も討ってやれる」

「それ、ほんとにやるんですか？」

　喬太は訊いた。

「もちろんですよ。この一戦が終わったあとの楽しみまでできましたよ」

「凄いですね」

　喬太は言った。

「あんまりきれいとは言えないやり口ですがね」

「おれたちの仕事はこんなことばっかりだったよな」

「まったくだ」

　和五助がうなずいたとき、
だーん、だーん。

と、銃声がつづけざまにした。

「いよいよ、撃ってきやがった」

和五助が立ち上がった。

八

「うかつにのぞかないでください。弾が飛び込んできますから」

和五助はそう言いながら、ほかの隠し窓らしきところを開け、すばやく外を見た。

「船は大川のほうだ。喬太さん、南や東側に敵がいるかどうか、見てください」

「はい」

喬太は二階に駆け上がった。

「源太さんは弾を込めて、撃つ用意をお願いしますよ」

「わかりました」

源太は中二階に向かった。

「和五助さん。東側には誰もいないようです。提灯を持った番屋の者が、おっかなびっくりこっちを見ているだけです」

喬太が言った。

「わかりました」

和五助は、着物を脱ぎ、ざるの中にいくつか道具らしきものを入れると、頭の上にくくりつけた。

「兄い、船の向こうに回るんだろ?」

貫作が言った。

「ああ、あと五人だ。いっきにケリをつけてやる」

出て行こうとする和五助に、源太が訊いた。

「和五助さん。二階の窓は大きく開け放しはできないんですか?」

「いや、できます。板二枚分ほど外せます」

「わかりました」

「わたしがもどらなかったら、もう遠慮は要《い》りません。撃ちまくってください」

「ええ。そうさせてもらえば、土御門は逃がしません」

源太はそう言って、ゆっくり二階へ上がって行った。

「喬太。危ないから来るなよ」

そう言って、源太は二階の大川に面したほうの板を外した。二枚の板がなくなると、夜の大川の景色が広がった。敵の船がすぐ目の前に係留されている。

――たぶん弥蔵がおれを狙っている。

それは想像できた。あの男は、鉄砲の名人という称号が欲しくてたまらないのだ。鉄砲源太と撃ち合って倒せば、それが得られると思っている。

姿を現わしてやるつもりだった。

一対一の勝負をつけてやる。

大きく開いた窓のそばに背をつけ、源太は鉄砲を持った。自分のものではないが、ここにあった鉄砲も使えるようにし、火縄に火を点《とも》したやつも三挺並べた。弾込めなどしている暇はない。

それから火縄だけのものに火をつけ、窓の端に置いた。

この火縄に向けて、きっと弥蔵は鉄砲を撃ってくる。その鉄砲の火花が上がったところに弥蔵がいる。

「一、二、三……」

三つ数え、顔を出した。

同時に、銃声がして、窓のわきに置いた火縄がはじけ飛んだ。ちゃんとこの火を狙ったのだ。

いい腕だった。

だが、源太のほうも銃から火花が出たあたりを見極めた。

すばやく銃を構え、すぐに引《ひ》き鉄《がね》を引いた。

だーん。

銃声がして、向こうの船にいた男が、後ろに倒れるのがかすかに見えた。

和五助はそっと外に出ると、いったんこの家を離れ、万年橋の下のあたりから川に入っていった。

音を立てないように泳ぎ、大川を大きく迂回するように敵の船の背後へ迫った。

向こうも銃を使い出したからには、いっきに決着をつけたいはずである。こっちからの攻撃も途絶えているから、何人か怪我をしたことにも気づいているだろう。

船の裏側に貼りつき、声に耳を澄ました。

「どうするんですか」

手下らしき男が訊いた。

「大砲をぶち込むしかないでしょう。ぶっ放して、いっきに金を奪って沖へ逃げるのです。お前は源太を殺すことだけに専念すればよい」

土御門慎斎の声だった。

——大砲だと。

なんてものを積んでいたのか。

頭のざるから油を染み込ませた紙を丸めたものと、火打ち石を取った。これに火をつけ、船の隅に投げ込む。

——なんだ？

と、なったところで船に這い上がる。何人倒せるか。火打ち石を叩こうとしたとき、
だーん。

とこっちの船で銃声がし、つづいて砦のほうから銃声がして、

「弥蔵！」

土御門の悲壮な声が洩れた。

火打ち石で火をつけた紙を放った。

すぐに船へと這い上がる。

「きさま」

土御門が刀を掴むより先に、和五助は飛び込んで短刀を突き刺した。

「生憎《あいにく》だったな」

「この糞爺《くそじじ》いが」

苦し紛れに悪口を吐いたが似合わない。着物からは香料が強く匂っている。なんとも薄気味の悪い敵だった。

さらにつづけざまに向こうから銃声がした。

船の男たちがばたばたと倒れた。

源太の腕は凄まじい。

「やったぞ」

和五助が二階のほうに向けて手を振った。

九

「しばらく京にいてください。そのあいだに、幕閣だのうるさ方だのにはすべて話をつけておきますから。なかには土御門の仲間は十把ひとからげで裁いてしまうようなやつもいますのでね」

と、和五助が源太に言った。

「ありがとうございます」

源太が深々と頭を下げた。少し遅れ、女房のおきたも源太にならった。

深川の渡し船の船着き場である。

源太とおきたは旅支度を終え、和五助に挨拶に来たのだった。

「わたしと同じ役目を担ったのが京にもいて、いろいろ世話をさせますので」

「そんなにいろいろしていただけるなんて」

「なあに、わたしと喬太さんの付き合いもありますのでね」

和五助はそう言って、喬太を見た。

「喬太……」

　源太が喬太を見上げた。

「うん」

　自分のほうがおとうを見下ろしている。なんだか奇妙な感じである。

「お前にはいろいろ迷惑をかけてすまなかったな」

「いや、どうってことない」

　そっけない口調で答えた。

「万二郎が言ってたぞ。喬太は、おれも驚くくらい、捕り物の才があるって」

　万二郎はさっきここに来たあと、残っている武器などを押収するため土御門の隠れ家のほうへ行ってしまった。そのとき、話したらしい。

「そうかなあ」

「ずいぶん手柄も立てたそうじゃないか」

　それには和五助のおかげもずいぶん入っている。万二郎が知らないことも多いのだ。

「自分じゃまだまだだと思うけど、おとうがもどって来るころには、かなりの腕利きになっているかもしれねえよ」

「この野郎」

源太は喬太の肩をぱんと叩いた。あの大火の夜、消えていったときのように。

「じゃあ」

源太がおきたを先に乗せ、最後に渡し船に乗り込んだ。

「喬太。あんまり危ないところには行かないんだよ」

おきたが船の中から言った。

「わかった、わかった」

岡っ引きが危ないところに行かず、なにをするんだか。

喬太は手を振るのも照れ臭い気がして、大川の下流に目をやった。

秋の空が隅々まで晴れ渡っている。富士の山もよく見えている。

旅立ちには最高の朝であった。

この作品は書き下ろしです。

爺《じじ》いとひよこの捕物帳《とりものちょう》

青竜《せいりゅう》の砦《とりで》

風野真知雄《かぜのまちお》

平成25年8月30日　初版発行

発行人――石原正康
編集人――永島賞二
発行所――株式会社幻冬舎
〒151-0051東京都渋谷区千駄ヶ谷4-9-7
電話　03(5411)6222(営業)
　　　03(5411)6211(編集)
　　　振替00120-8-767643
印刷・製本―図書印刷株式会社
装丁者――高橋雅之

幻冬舎時代小説文庫

ISBN978-4-344-42077-9　C0193　か-25-13

幻冬舎ホームページアドレス　http://www.gentosha.co.jp/
この本に関するご意見・ご感想をメールでお寄せいただく場合は、
comment@gentosha.co.jpまで。